dtv

Ein heißer Großstadtsommer, zu heiß für lange Haare. Als Ann-Kathrin plötzlich mit neuer Frisur daherkommt, ahnt Jonas, daß Veränderungen vor der Tür stehen. Keine guten. Jonas ist ein Tagträumer, ein Pantomime des Augenblicks. Tagsüber arbeitet er für eine Schilderfabrik, und nachts geht er mit einem Geigenkasten voller Spraydosen auf Tour, sprüht für die Strichmännchen freundliche Gefährtinnen und läuft anschließend mit den Ordnungshütern um die Wette. Eines Morgens jedoch ist seine Freundin auf und davon, durchgebrannt mit Jonas' Chef, im Gepäck ›Das rauchende Mädchen‹, ein Gemälde von möglicherweise großem Wert. In Jonas brennt es lichterloh: Mit dem gestohlenen Motorrad einer Hochzeitsgesellschaft nimmt er die Verfolgung auf. Und nicht nur er ist hinter dem flüchtenden Paar her ... Zwischen Großstadtasphalt, staubigen Landstraßen und Meeresstrand erzählt Arno Geiger die kleine Geschichte einer verlorenen Liebe in unserer Zeit.

Arno Geiger, geboren 1968 in Bregenz, lebt als freier Autor in Wien und Wolfurt/Vorarlberg. Er absolvierte das Studium der Germanistik und Vergleichenden Literaturwissenschaft in Wien und Innsbruck. 1997 debütierte er mit seinem Roman ›Kleine Schule des Karusselfahrens‹. 2005 erhielt Arno Geiger den Deutschen Buchpreis für seinen Roman ›Es geht uns gut‹. 2011 wurde sein bisheriges Werk mit dem Friedrich-Hölderlin-Preis der Stadt Bad Homburg ausgezeichnet.

Arno Geiger

Irrlichterloh

Roman

Deutscher Taschenbuch Verlag

Von Arno Geiger sind im
Deutschen Taschenbuch Verlag erschienen:
Schöne Freunde (13504)
Kleine Schule des Karussellfahrens (13505)
Es geht uns gut (13562)
Anna nicht vergessen (13785)

MIX
Papier aus verantwortungsvollen Quellen
FSC® C019821
FSC
www.fsc.org

2. Auflage 2011
2008 Deutscher Taschenbuch Verlag GmbH & Co. KG,
München
Lizenzausgabe mit Genehmigung des Carl Hanser Verlags

Umschlaggestaltung: Balk & Brumshagen
Umschlagfoto: mauritius images
Gesetzt aus der Janson
Satz: Satz für Satz. Barbara Reischmann, Leutkirch
Druck und Bindung: Druckerei C. H. Beck, Nördlingen
Gedruckt auf säurefreiem, chlorfrei gebleichtem Papier
Printed in Germany · ISBN 978-3-423-13697-6

Hey little sister what have you done?
(Billy Idol, *White Wedding*)

PROLOG

Nehmen wir den Mond für bare Münze, soll er rund sein und Kopf oder Zahl. Auch das übrige soll sein, was es scheint, die acht jungen Leute, die nicht acht sind, sondern zwölf, vierzehn, fünfzehn, solange sie durcheinanderwirbeln, lachend, johlend, um eine Einbahntafel Ecke Hosek-/Lucasgasse.

Da ein Soldat. Dort eine Frau in Jeans mit einem Begräbniskranz unterm Arm. Eine andere Frau mit einem Heizlüfter in der Hand. Ein Mann in gelber Gardeuniform. Eine Frau in Schwarz, zu der vielleicht der Mann im dunklen Anzug dazugehört. Ein anderer Mann, ebenfalls im Anzug, aber salopp, hat ein Röntgenbild bei sich. Und alle, Männer, Frauen, sind mehr als nur eins, sind zwei, bald drei, wenn der Übermut in die Gruppe fährt, vervielfacht wie unter Stroboskoplicht.

Der Begräbniskranz fliegt mehrmals hoch, bis er an der Einbahntafel hängenbleibt.

– Es lebe die Einbahntafel! Auf leichtverständliche Art weist sie uns den Weg und verschafft uns nebenher die Mittel, diesen Weg auf bequeme Art zu beschreiten. In Pumps, in schwarzen Orthopädieschuhen. In Schnürstiefeln, Schnallenschuhen, Halbschuhen. Na kommt schon, hierher ins Licht!

Die jungen Leute verbeugen sich. Einer der Männer wedelt mit dem Röntgenbild über den Asphalt vor seinen lochgemusterten Straßenschuhen. Als er sich aufrichtet, zerschillt ein Schwall Wasser auf der Fahrbahn.

– Ruhe! Ruhe da unten! Etwas mehr Rücksichtnahme!

Aber Franziska, die den Begräbniskranz über die Einbahntafel geworfen hat und nächtlicherweise das Schuhwerk ihrer Theater-

spieler würdigt, fordert mit großer Gebärde Geduld: Einer fehlt noch! Caspar Zelzer! Alles hergehört! Holder Gönner und Arbeitgeber, du Monopolist, Erbe einer florierenden Fertigungsanstalt für Straßenschilder. Und deine Schuhe? Halbschuhe? Trotteurs? Aus Ziegenleder?

– Verdammtes Mondgeheul! Schert euch zum Teufel! empört sich dieselbe Stimme wie schon vorhin.

– Aus gewalktem Chevreau? fragt Franziska. Oder du, Caspar Zelzer? walk on the wild side? aus Wildleder?

– Ruhe, Ruhe da unten! Ihr Schlafdiebe! Zuckendes Nachtgelichter! Gebt endlich Ruhe! Ich warne euch, ich rufe die Polizei!

Die jungen Leute wirbeln erneut durcheinander. Lachen. Ein Blumentopf platzt auf dem Gehsteig. Plastikblumen. Scherben mischen sich unter die vielerlei Schuhe.

– Halbschuhe, sagt Caspar, das schon, doch sonst zuviel der Ehre. Er zieht den rechten Schuh aus, schaut mit gerümpfter Nase ins Fußbett. Er hebt die Hand: Freunde, ich bitte um eure Aufmerksamkeit. – Ein weiterer Blumentopf springt aus dem Zylinderhut der Nacht. – Die Tradition, die wir heute fortgesetzt haben, vor dem Betriebsurlaub im Hof unserer Fabrik ein Theater zu veranstalten, ruiniert mich. – Eine Fernbedienung. Eine Kartonrolle, die Jonas trifft. Eine Keramikschale mit Süßigkeiten. Schon besser. Und überhaupt, die Schale war aus Porzellan. Zwei Bücher. Eine Lautsprecherbox. Fliegt alles auf die Straße.

– Ruhe! Ruhe, verdammt!

Eine Schreibmaschine. Der Deckel springt ab. Die Buchstaben wirbeln durcheinander.

Caspar reißt den Aufkleber aus dem Fußbett des Schuhs. Der Beweis: Obermaterial echtes Kunstleder!

Caspar zerknüllt den Aufkleber und folgt, ohne den Schuh wieder anzuziehen, den Mitgliedern der Theatergruppe, die vor den weiterhin aus dem Fenster fliegenden Gegenständen geflohen sind, gegen die Einbahnstraße. Dann rechts die Simonidesstraße entlang. Er imitiert ein Hupen, als ein Hund die Straße überquert. Er holt die

Gruppe ein, wo die Simonidesstraße nach einem Stoppschild in die Dossenastraße mündet. Dort bleiben alle stehen. Drei Sekunden.

Eins ... zwei ... drei.

Dann rennen sie weiter. Sie kicken die Kartonrolle, die Jonas' Kopf getroffen hat, vor sich her: Tanzschuhe, Schnallenschuhe, Schnürstiefel, Halbschuhe.

Erst als die Kartonrolle unter ein Auto zu liegen kommt, fischt sie Jonas hervor. Er nimmt die Rolle unter den Arm und küßt Ann-Kathrin. Es ist das allererste Mal. Sie duldet den Kuß, erwidert ihn, zwei Sekunden, drei Sekunden, bis sie seine Hände von ihren Hüften löst: Los, mach schon, mach die Rolle auf, mal sehen, was drin ist.

– Was wird schon groß drin sein? Haben wir nichts Besseres zu tun?

Ann-Kathrin lächelt. Sie schlingt sich, sie renkt sich um die Stange eines Vorrangschilds. Der Heizlüfter schlägt gegen die Stange.

– Mag schon sein, genaugenommen sehr viel Besseres ... Wo sind denn die andern alle hin?

1 Es ist halb sechs. Ein schmutzig-grünliches Spülicht schwappt an den offenen Stellen zwischen die Häuser. Ein kurzer Blick. Dann ist alles halb so wichtig. Die Koordinaten des leeren Himmels hinterlassen nicht den Eindruck, als ob eine Gleichung ähnlicher Weitläufigkeit in einen Kopf zu bleuen wäre. Im Gegenteil: der Mensch muß verwirrt sein oder ist es, und gerade dann, wenn er eine Ordnung zu erkennen meint, einen Zusammenhang, eine Logik, einen Zweck – die gerade gezogenen Fallstricke des Himmels.

Da ist es, bei allem, das klügste, sich an einem festen Punkt zu orientieren und sich an die Sonne zu halten, der vorerst die Stadt im Wege steht. Aber Jonas, mit der Zuversicht desjenigen, der keine Pläne hat und nichts versäumen kann, der glaubt, daß ein guter Stolperer nie fällt, balanciert den Randstein und jene Schnittstelle entlang, an der sich Nacht und Tag nach kurzem Austausch von Gemeinsamkeiten in Zweierlei trennen.

Die Nacht geht rechts. Der Tag geht links. Und Jonas hintendrein, den Geigenkoffer schlenkernd, mit achtlosem, nachtlosem Schritt, als der Balanceakt irgendwann im Tag geendet hat. Er mag sein Gehen, das Gehen auf einem leeren Blatt Papier, nichtssagend, allessagend, kalligraphisch, als ob er es als Kunst beherrschte oder besser verstünde denn je, als ob er sich beneiden könnte. Das wär's: sich selber beim Gehen zusehen, vom Fenster eines der oberen Stockwerke aus, und denken, der da unten, das ist einer, der ewig aushält, der durchhält, der immer entkommt.

Während Jonas den Markt durchquert, ist seine Wahrnehmung verzerrt, wie so oft, wenn er völlig übernächtigt ist, wenn ihn die Erschöpfung in ein vages Glück zieht. Die Arbeiter bei den Lastwagen haben dadurch etwas Leichtes und Müheloses. Selbst eine Kiste mit Salatköpfen fällt mit ungewöhnlich viel Verstand. Die Köpfe springen durcheinander, rollen davon. Ein Mann springt hinterher und liest die Köpfe auf. Jonas geht weiter, rechts einen stadtseitigen Quergang, dann den Hauptgang hinunter, und dort, kurz vor dessen Ende, als ihm eine Marktfrau den Rücken zukehrt, schiebt er sich einen Bund Spargel in die Jacke. Er tut es mit spielerischen Bewegungen, die seine Sicherheit verraten, an diesem Morgen nicht erwischt zu werden. Nicht an diesem Morgen, nachdem er eben erst zwei Streifenpolizisten das Nachsehen gelassen hat.

Die Marktfrau hat ein rundes Gesicht. Sie ist stämmig und untersetzt. Da sie etwas guthat, geht ihr Jonas zur Hand, sich beiläufig nach den Spargelpreisen erkundigend, die horrend sind. Es sei die falsche Jahreszeit, entschuldigt sich die Frau, lächelnd, als Jonas eine Grimasse zieht, bis zum Mittag habe sich der Spargel verfärbt, schimmere stellenweise, stelle sich schlecht, obwohl er einwandfrei in Ordnung sei. Was wolle man machen, erwidert Jonas, dem Himmel fehle lediglich das Schild mit *Vorsicht frisch gestrichen!* (der Firma Zelzer's Nachfahren). Darauf die Marktfrau, eine blitzartige Einsicht: Es komme einem vor wie die Tage, als Rom brannte und Nero schmutzige Lieder gesungen habe. Der hier sei vom Vortag, aber erste Klasse, das verstehe sich. Den könne er geschenkt haben. Die jungen Leute hätten spürbar nicht mehr soviel Geld. Und Künstler seien, wie man höre, so und so angeschmiert.

Ein Künstler. Ja. Aber was für einer: im Herrschaftsbereich der Nacht, ständig vor den Nachstellungen städtischer

Agenten auf der Hut. Einer, der seine Kunst vor Anbruch der Dämmerung einstellt, ohne eine andere Signatur als seine Handschrift zu hinterlassen. Aus der Rubrik *Gegen unbekannt* sind genügend Strafanzeigen hinter ihm her, daß er schlagartig ruiniert ist, sowie ihm der entscheidende Fehler unterläuft. Aber wenigstens klopft das Herz tüchtig, daß es gesund bleibt. Und auch der Schlaf ist tief und fest, denn die Nerven waren adäquat gereizt.

Nach einem Studium, das genau so lange dauerte wie sein Stipendium, mußte Jonas' Glaube, daß an gut orientierten Köpfen gerade in Zeiten allgemeiner Rezession Bedarf bestehe, wie er nach der Logik eigentlich bestünde, eine jähe Erschütterung erfahren. Niemand wartete auf ihn. Er mußte Arbeit in der Schilderfabrik Zelzer's Nachfahren annehmen, für die er seither Hausnummern und Verbotstafeln entwirft. *Betteln und Hausieren unerwünscht.* – Ein muffiger Job, die ideale Verlernanstalt. Deshalb investiert Jonas seine tagsüber unnützen Talente in die Verbrechensspezialität, Verkehrsschilder, diese Insignien der Unzweideutigkeit, zu erweitern, zu vereinfachen, sie mit Zeichen zu versehen, die niemand je zuvor gesehen hat oder jeder schon einmal in einem gänzlich anderen Zusammenhang.

Vergangene Nacht hat er östlich des Tiergartens besenberittene Hexen in Stopp- und Fahrverbotsschilder eingepaßt und anschließend, bis zwei Streifenpolizisten auf ihn aufmerksam wurden, Geschwindigkeitsbegrenzungen reduziert, auf 17, 32 und 32½.

Jonas legt den Geigenkoffer, der ihn immer wieder auf überraschende Weise unverdächtig macht, über die Tomaten, die zornroten, denen sein Rotzbubenstück nicht entgangen ist, und macht sich an den Schnippverschlüssen zu schaffen. Für den geschenkten Spargel reicht der Platz im Koffer. Von den normalerweise darin festgeschnallten Spraydosen fehlen zwei, weil sie Jonas weggeworfen hat, die eine, als sie leer war, die andere, als er seine Hände zum Rennen brauchte. Dreißig Meter Vorsprung. Das war die Entfernung, um die es zu streiten galt.

Jonas bedankt sich nochmals für den Spargel, im Weggehen mit Kußhand. Er hält sich links zum Blumenmarkt, wo es wie beinahe überall nach Müll und Urin riecht, weil die Straßenmeisterei wegen des akuten Wassermangels seit einer Woche darauf verzichtet, die Hydranten zu öffnen. Von einem Lastwagen herunter ersteht er einen Strauß Margeriten. Eine vertraute Unruhe macht sich breit, und Jonas gesteht sich widerwillig ein, daß die Blumen sein schlechtes Gewissen, erst jetzt nach Hause zu kommen, eher verdeutlichen als übertönen und dabei nichts rechtfertigen. Laufend, fast rennend, auf dem Mittelstreifen die Lücke einer roten Ampelphase abwartend, überquert er die schon beinahe ununterbrochen befahrene Kammerergasse. Das Tuten eines Baukrans. Von irgendwoher tönt ein Knall. Eine Fehlzündung. Ein Reifenplatzer. Plätze sind unsere Paletten. Straßen unsere Pinsel. Jonas springt die Steintreppe, deren Stufen teilweise gebrochen und von Löwenzahn unterwachsen sind, zum Kloster hoch. Das Blumenwasser läuft ihm über die Jacke, tropft auf die Bluejeans. Schattenhaft bewegen sich weiter oben in der nach hinten offenen Straße Gestalten, die Konturen im Gegenlicht aufgelöst, beinahe strahlend, als ob ihre Charaktere frühmorgens noch nicht verdorben wären (und darin dem Spargel vergleichbar). Jonas streut den Konturen die welken Blumen entgegen, die sich dem Strauß untergemogelt haben, ohnehin nur drei. Er wechselt die Straßenseite, sowie er in den Schatten eines Giebels zu geraten droht, drohnig faul, den Kopf in den Wolken, die nicht sind oder anderswo, die hier und jetzt als solche nicht existieren. Die Gedanken in einer schlafwarmen Achselhöhle Ann-Kathrins. Verkrochen. Unauffindbar.

– Rede mit mir, Jonas, bitte, rede mit mir. Ich hab die ganze Nacht auf dich gewartet. Ich war so allein.

2 Seit Jonas mit Ann-Kathrin zusammenwohnt, seit exakt drei Jahren, hat sie keine Nacht darauf vergessen, am Abend die Jalousien herunterzudrehen. Im Halbdunkel streift er die Schuhe ab, den rechten an der Garderobe, den linken vor der Schlafzimmertür, die er hinterher vorsichtig öffnet, nahezu lautlos, damit er Ann-Kathrin, ehe sie aufwacht, eine Weile für sich alleine hat. Er denkt, daß es Unsinn ist, einen Menschen, den man liebt, zu wecken, die Unverfänglichkeit von Empfindungen, von denen niemand weiß, aufzugeben, dieses schöne Unerkanntsein. Trotzdem wird er es tun, wie schon so oft. Er wird, wenn er den Punkt erreicht hat, an dem er sogar seinen Gefühlen traut, dem Trügerischen des Momentanen aufsitzen. Er wird sich ausziehen. Die Gürtelschnalle wird klingeln. Anschließend wird er den Bindestrich zwischen den Hälften von ihr, *Ann* und *Kathrin*, teilen, öffnen.

Zwischen den Strichen, zwischen den Zeilen, passiert dann das Große. Oder das Große würde passieren, wenn es dazu käme.

Doch dazu kommt es nicht.

Die Lichtstreifen von den Lamellen der Jalousie teilen das Zimmer in Scheiben, als hätte man das Haus durch einen Eierschneider gedrückt. Die bei gutem Mond gefütterte Steppdecke ist am Fußende aufgeschlagen (wie die Bibel an einer mehrdeutigen Stelle) oder aufgerissen (apokryph, Tobias 6, Vers 3)? Ein langer Blick. Aber Ann-Kathrin ist nicht da. Sie ist schon weg. Nein, dafür ist es zu früh.

Gar nicht nach Hause gekommen? Bei Franziska geblieben? Schwer vorstellbar. Und der Bindestrich ist ein Gedankenstrich. – Jonas' Verlangen ist letztlich einer dieser Bocksprünge über das Wahrscheinliche hinweg ins Unmögliche. Bestimmt hat Ann-Kathrin sogar angekündigt, nicht zu Hause zu sein, weil mit Jonas nicht zu rechnen war, weil an den Fingern zu errechnen war, was ihm zuerst unter den Nägeln schwelte, sich die Nacht um die Ohren zu schlagen, mit Polizisten wettzulaufen, bis schließlich selbst die halbwegs kühle Nachtluft in der Lunge brannte.

Schade, daß Ann-Kathrin nicht versteht, daß seine Empfindungen gerade beim nächtlichen Gehen von einem bestimmten Punkt hinter Mitternacht an mit jedem Schritt zunehmen, daß seine Empfindungen auch mit der Angst wachsen, entdeckt und verfolgt zu werden. Schade auch, daß Ann-Kathrin nicht versteht, daß sie ihm nie näher ist als in der Vorstellung von einem Mädchen, das unsichtbar Schmiere steht, das neben ihm läuft, das zwei Meter vorausläuft, ausdauernd, mit dem Gespür für den finsteren Winkel, für die engen Löcher, durch die man schlüpfen kann. Zuversichtlich keuchend, zwinkernd, markiert sie den immer ersehnten Moment des Atemholens auf der Flucht. Ein Aufblicken. Ein Innehalten. Die Ruhe inmitten des Aufruhrs.

Und dann die Vorstellung, daß sich das Mädchen bei Sonnenaufgang, der Nacht entlaufen, über ihm wiegen wird, während er selber davon träumt, die Flucht fortzusetzen, immer weiter, laufend, im Traum von einem Träumenden, der träumt, er halte sich versteckt und träume davon zu fliehen.

Aber wovor? Wohin? Hauptsache, fliehen.

Wo sind wir stehengeblieben?

Wir sind gar nicht stehengeblieben, vor allem Jonas nicht.

Meistens gibt es nichts, wofür es sich lohnte stehenzubleiben. Sie wird bald kommen, sagt er sich. Sie wird mich überraschen, wenn ich gerade aufgehört habe, nach Geräuschen im Treppenhaus zu horchen. Sie steht im Zimmer, das Gesicht voller Fröhlichkeit, wie nur Gesichter Heimkommender fröhlich sind im Maß der gestiegenen Treppen. Sofort ist alles erinnert. Plötzlich bekommt der Wunsch, ihr nahe zu sein, einen Anflug möglicher Dauer. Die Zäsur des Vormittags. Das Atemholen. Denn vorerst hat auch das Weitergehen in der leeren Wohnung etwas Fluchtartiges, weil Ann-Kathrin in der Küche nicht weniger nicht ist als anderswo.

Ein paar Verrichtungen.

Die Zeit überbrücken.

Wasser für die Blumen in eine Vase lassen.

Für Licht sorgen.

Sogar in der Küche ist das Rollo heruntergezogen, ein chinesisches Seidenrollo mit einem Batikdruck in hellen, abgestuften Gelb- und Grüntönen, das Jonas hochschnellen läßt. Der Raum, zuvor durch den Farbenwurf des Rollos in verschiedenen Schattierungen abgedämpft, hellt sprunghaft auf. Der Sprung in Anns Lieblingsvase wird sichtbar. Die neuen Farben pendeln sich über den Gegenständen aus und ein. Die Flächen sind jetzt glatt. Die Umrisse kantig.

Dann das Fenster öffnen.

Schon werfen sich die Flächen wieder. Linien, die eben waagrecht verliefen, beginnen unter Geräuschen zu schwingen und verdichten sich zu einem schleierartigen Gewebe, in dem sich jene Sorglosigkeit verfängt, die ein heißer Sommer mit sich bringt. Alles vibriert vom Getrillere der Vögel im Kirschbaum zwanzig Meter weiter hinter der Mauer aus nackten Luftziegeln. Und selbst am Rascheln der Blätter kann man hören, daß es lange nicht geregnet hat.

Jonas steckt den Blumenstrauß in die Vase, den Spargel in den Kühlschrank. Anschließend, solange die Kaffeemaschine ungestört sein will, vertreibt er sich die Zeit im Badezimmer. Eine Plastikschnur, an der Anns Wäsche hängt, ist quer durch den Raum gespannt. Jonas denkt mit wieder aufloderndem Verlangen, daß Ann-Kathrin in der Waschküche ist. Er denkt es umsonst und weiß es, weil seine Nase Realist ist und die Hoffnung durch bloßes Erinnern als vergeblich entlarvt. Das Bett ist nicht benutzt worden. Anns Parfüm, auf das sie vor drei Wochen umgestiegen ist, eine Richtungsänderung, weil ihr Shalimar, der Name und nicht der Duft, auf den sie zuvor geschworen hatte, plötzlich zu verspielt geklungen habe, liegt, aller Sinnlichkeit entledigt, zu Kristallen erstarrt in den Kissen.

Gähnend angelt sich Jonas seine Zahnbürste. Er kratzt sich mit der Zahnbürste den Nacken, die unteren Halswirbel, wo er den Sitz seines Unbehagens vermutet. Er quetscht an der fast leeren Tube, schaut sich blödsinnig beim Bürsten zu. Die Zahnpasta schmeckt heute anders, metallen. Zuviel gerannt. Er duscht, rasiert sich, spült das Gesicht ab. Trinkt Kaffee. Hört nebenbei den Anrufbeantworter ab, ohne Näheres über Anns Verbleib zu erfahren. Ihm ist mulmig. Plötzlich liebt er Ann wie schon lange nicht mehr. Er läuft ins Treppenhaus, halbnackt, beugt sich über das Geländer. Enttäuscht legt er sich ins Bett. Er versucht zu schlafen, eine halbe Stunde, noch eine halbe. Es fehlt ihm an der Konzentration, als ob ihn das Bett im Stich ließe. Er steht auf, macht sich zurecht, vom schlechten Gewissen in den Hintern getreten, die ganze Nacht straßensausend ausgeblieben zu sein. Er nimmt im Arbeitszimmer der Büste Elogabals die Sonnenbrille ab. Er löst die Schnur, die an einer Tatze der Badewanne festgemacht ist, und seilt das Fahrrad von der gut drei Meter hohen Decke ab. Er faßt es an Lenkstange und Sattel, schiebt es aber erst auf den Flur, nachdem er die Klospülung betätigt hat, nur so, wie das jeder zuweilen tun sollte, wenn ein Gefühl, aus dem Bauch kommend, Mitte des Rückgrats stolpert und sich nicht mehr hochrappelt. Man atmet erleichtert durch, während das Wasser in die Kanalisation strudelt, und vergewissert sich seines Hosenladens. Das hilft garantiert.

3 Auf der Straße ist die Sonne derart grell, daß Jonas mit der Sonnenbrille trotz der frühen Stunde kein Aufsehen erregt. Er schlüpft in die Tretriemen und schlängelt sich zwischen den im Stop-and-go-Verkehr nur langsam, stoßweise vorankommenden Autos Richtung Stadtrand. Die Straßen sind gespannt (wie Strumpfbänder), strecken sich, dehnen sich. Der Morgen eines Arbeitstages spreizt sich, um keinen Wagen abweisen zu müssen. Erster Gang, kuppeln und stopp, kuppeln und Leergang, kuppeln und stopp. Das Trillern der Pfeife eines Verkehrspolizisten diktiert den gesetzlichen Rhythmus, kuppeln und stopp, verfolgt Jonas, verstummt, verschwindet aber erst aus seinem Ohr, als er zwanzig Minuten später einen Lagerpark für fabrikneue japanische Autos an einem Industriegleis der Bahn erreicht.

Eine Autospur führt entlang des Maschendrahtzauns, der das Gelände abschließt, durch ein Sonnenblumenfeld. Jonas folgt der Spur, sie läuft auf die Schnauze eines ausrangierten Doppeldeckerbusses zu, schwenkt kurz vor dem Bus in einem Bogen aus und endet am Hinterrad einer weißen Limousine, die längsseits des Busses in dessen Schatten parkt.

Jonas öffnet die Falttür des vorderen Auftritts. Was früher auf Knopfdruck, hydraulisch betrieben, mit Pusten und Zischen funktionierte, bedarf mittlerweile, weil der Motor des Busses ausgebaut ist, eines kräftigen Stoßens und Ziehens. Franziskas Katze schlüpft zwischen Jonas' Beinen ins Innere des Busses. Während die Katze den Kopf in eine Keramikschale neben dem Herd steckt, setzt sich Jonas nach einem kurzen Blick auf Franziska, die mit dem Rücken zu ihm Kaffee kocht, still ächzend auf den Fahrersitz. Er legt die Hände an das spröde Gummi des Lenkers. Er dreht das Rad wahllos hin und her, fährt Schlangenlinien. Hey, driver, where are we driving to? My mama says, you are a fucking driver. Jonas lacht in sich hinein. Lehnt sich zurück. Er schaut über das Sonnenblumenfeld zum südlichen Horizont, der in einem schmierigen Wasserblau über einer parallel verlaufenden Allee von Pappeln durch die Windschutzscheibe schneidet. Er fährt weiterhin Schlangenlinien, mal große, mal zackige, und denkt dabei an nichts, oder es kommt ihm nur so vor, und er denkt vielleicht im Peripheren und wenn, dann einen unbedeutenden Moment lang, an Franziskas neuen Liebhaber (woher? seit wann?), der dieses teure Auto fährt. Eine Zeitlang umrundet er imaginäre Häuserblocks, in rasender Geschwindigkeit die Blocks in bunte Spurenknäuel hüllend. Er imitiert Motorengeräusche, mit flatternden Lippen, bis ihm einfällt, daß er fragen wollte, wo Ann-Kathrin geblieben ist.

Einem plötzlichen Impuls folgend, knallt er die flache Linke auf den inneren Ring des Lenkrads. Franziska fährt unter dem Hupen herum und läßt eine massive Viertellitertasse fallen, die in drei große Scherben zerbricht. Sie schweigt ihn Augenblicke an, fast duldsam auch in der Begutachtung des Malheurs. Sie bückt sich nach den Scherben, den Morgenmantel mit einer Hand zusammenhaltend. Sie legt die Scherben ineinander, schaut dann auf: Diesen Tag hat das Leben aus der untersten Schublade geholt.

Jedes Wort unter einer rauhen Onkel Fritz-Schlafmütze.

Jonas: Dorther kommt jeder Tag nach einem Fest, sogar der übernächste, wenn man lange genug feiert.

Er stützt die Unterarme auf das Lenkrad, mit zurückhängenden Schultern: Was soll's, das Theater vorgestern war wieder grandios, wie jedes Jahr. Und immerhin – er richtet sich auf – beginnt heute unser Betriebsurlaub.

– Und damit hat es sich schon wieder.

Franziska schmeißt die Scherben in den Mistkübel: Ich will dir sagen, warum ich heute nur Kaffee koche.

– Heraus damit, sagt Jonas.

– Weil mir der Toast mit der Butterseite voraus in die Katzenkiste fallen würde. So ein Tag ist heute.

– Du hast deinen Morgenmantel verkehrt herum an.

Franziska blickt nach ihrer Schulter, wo die Innennaht hochsteht. Sie öffnet die Schleife des Gürtels, der den Mantel notdürftig zusammenhält. Sie schlüpft aus dem rechten Ärmel, den sie dabei umkehrt. Umkehren ist immer eine trostlose Sache, ein Eingeständnis, sich geirrt zu haben, sich übernommen zu haben. Er, Jonas, tue ihr überhaupt sehr leid, weil er sprichwörtlich und buchstäblich zur falschen Zeit den falschen Bus nehme. Dort sei das Trittbrett, sie, Franziska, an seiner, Jonas', Stelle würde es benutzen, solange noch Zeit sei.

Inzwischen ist die bessere Seite des Morgenmantels nach außen gekehrt, und für wenige Sekunden steht Franziska nackt da, zwar halb verdeckt von dem Bausch Flanell zwischen ihren Händen, doch nackt genug, daß es Jonas leichtfällt, das Fehlende zu ergänzen. Ihm kommt es vor, als schaue er durch das Schlüsselloch einer verschlossenen Tür auf einen Augenblick fremden Glücks.

– Dreh dich herum. Klingt nicht sehr verheißungsvoll, was du bisher gesagt hast.

– Wie auch, wo von vornherein feststeht, daß die anderen die Brezel bekommen, du die Löcher von der Brezel.

Jonas: Und von dir die Haut, immerhin.

Auf engstem Raum zwischen den Küchenkästen auf der einen und der Linie von Kühlschrank, Herd und Spüle auf der anderen Seite dreht sich Franziska mit mehreren schwungvollen Schritten, eine Hand bereits im Ärmel, um die eigene Achse. Einmal ganz, ein zweites Mal halb. Dann bricht auf dem Oberdeck ein Radau los, in dem sich Fauchen, Kreischen und Jaulen und das Bersten von Glas vermischen. Flüche einer Frauenstimme. Wessen Stimme? Einem weißen Schoßhund gelingt es, aus dem Gewebe zu flüchten. Er wuselt die Treppe herunter, an Jonas vorbei zur offenstehenden Tür. Die Katze setzt in großen Sprüngen hinterher.

Jonas schaut nach draußen. Er versucht den Hund und die Limousine, die er jetzt erst in ihrer ganzen Besonderheit wahrnimmt, in einen Zusammenhang zu bringen. Er wechselt einen schnellen Blick mit Franziska, deren Morgenmantel plötzlich geschlossen ist. Er mustert sie fragend, enttäuscht. Unsichere Skepsis zieht in ihrem müden Gesicht die Fäden. Der rechte Mundwinkel weicht zurück, die Brauen rücken zusammen, als wäre ihnen kalt: Der Kaffee dauert noch, sagt sie. Gehen wir nach oben. Dein Leben hat Chancen, nach drei langweiligen Jahren wieder interessant zu werden.

4

Weiße Haarflocken wirbeln über das Parkett des Oberdecks. Scherben von einer Vase haben sich neben grünen Lackschuhen ausgebreitet. Die Schuhe gehören zu einer Frau, die auf dem zerfledderten Bett unter dem Heckfenster sitzt, wo früher die letzte Bank des Busses war. Alles an der Frau ist knallfarben, alles übertrieben, alles zuviel, zu grün, zu gelb, zu rot. Ihr Haar, ihr hinter einem scharfgezogenen Mittelscheitel zu einer Pyramide hochgeknotetes Haar: Es ist rot, wie es Rosen nur sind, wenn man sie auf dem Jahrmarkt schießt, und das ist allerhand.

Franziska nimmt verlegen die Scherben auf. Ira Constantin, Jonas Kreuzer, sagt sie. Ira Constantin grüßt höflich, lächelnd. Jonas erwidert das Lächeln, aber flüchtig aus abwartender Vorsicht, aus Angst vor dieser Durchsichtigkeit im ersten Blick, der nichts und alles offenläßt. Er wendet sich zu Franziska. Er habe sich Ann-Kathrin bei ihr ausgerechnet. Es entsteht eine Pause. Franziska schaut ihn mitleidig an, vorwurfsvoll, als wolle sie sagen, daß das kommt, wenn man Nacht für Nacht auf dem Besen ist. Und laut: Sie ist mit dem Bild unterwegs.

– Mit welchem Bild? fragt Jonas.

Franziska verzieht das Gesicht. Weiß er doch selber am besten, fällt ihm genau auf den Kopf, und jetzt das Bild, wie vor drei Jahren die Kartonrolle, in der das Bild war, genau auf den Kopf: Mit welchem Bild wohl? Mit dem Bild aus der Kulisse. Etwas Besonderes soll es sein.

– Das Rauchende Mädchen, ergänzt Ira Constantin.

Jonas: Keinen Pfifferling ist es wert.

– Im Gegenteil.

Ira Constantin schürzt ihre dunklen, ebenfalls plastikblumenfarbenen Lippen, kosmetisches Impasto. Sie füllt eine Kunstpause mit einem nachsichtigen Seufzer.

– Vermutlich ein Spätwerk, sagt sie – eine Botschaft vermeintlicher Überlegenheit, aufsteigend über dem fernen, mit teurem Lippenstift gezogenen Horizont.

– Unsinn, sagt Jonas und merkt, indem er redet, daß seine Berichtigungen bloße Floskeln sind: Das Bild ist falsch. Das Herz des Mädchens ist aus Pappmaché.

– So kann man es sehen. Man kann es natürlich auch anders sehen. Wer entgeht schon dem Irrtum. Am Ende bleibt es allemal ein schönes Bild, ein schönes Mädchen, sagen Sie selbst, Herr Kreuzer, das Rauchende Mädchen, ich möchte es kaufen.

Verdutzt (gleichzeitig die Möglichkeiten erwägend, was die Frau mit dem Bild anfangen will, alleine daß sie etwas damit anfangen will, versetzt ihn in Unruhe) schaut Jonas Franziska an. Franziska stöhnt. Sie zuckt die Achseln. Es sei nicht ihre Schuld. Gestern, sie seien mit dem Abbau der Bühne fast fertig gewesen, er, Jonas, habe sie wie üblich im Stich gelassen, sei mit einmal Frau Constantin vor ihr gestanden. Sie habe ein Bündel Banknoten aufgefächert, ob das Geld für das Bild, das bei der Vorstellung in der Kulisse war, angemessen sei. Sie habe Frau Constantin die Besitzverhältnisse auseinandergesetzt, ihr seine, Jonas', Adresse gegeben, und eine Stunde später sei Ann-Kathrin aufgekreuzt, gemeinsam mit dem Chef, Caspar. Sie habe Ann-Kathrin das Bild gegeben, sie habe gedacht …

– Logisch, fällt ihr Jonas ins Wort, Rußland ist Rußland, und Ann-Kathrin ist …

– Ist sie das wirklich? fragt Ira Constantin mit einem Fragezeichen, das sich in die Gerade streckt.

– Was geht das Sie an? erwidert Jonas. Und ehe Mißverständnisse entstehen, das Bild kann mir gestohlen bleiben. Lassen Sie mich aus dem Spiel.

– Liebend gern. Doch zuerst verraten Sie mir, wie ich das anstellen soll, denn die junge Frau, Ann-Kathrin? sagten Sie, daß sie heißt, behauptet, daß das Bild Ihnen gehört.

Die beiden, Jonas und Ira Constantin, sehen einander an. Wieder, in diesem Blickwechsel, wie schon von Anfang an, als würden statt Blicken Blüten gewechselt, fühlt sich Jonas herausgefordert, vielleicht von der mondänen Zutraulichkeit der Frau, von diesem Kopfschmerzen verursachenden Effekt ständigen Kippens, einmal alles von ihr zu wissen und im nächsten Moment wieder nichts.

– Am besten, sagt er, Sie fassen, was Ann-Kathrin sagt, als Lüge auf. Es ist einmal so, daß man gewissen Leuten gegenüber aus Reflex lügt. Sie entschuldigen. Und in dem Fall, wiederum, als einen ganzen Haufen Lügen, mit dem Sie es zu tun haben, eine Lüge in der andern, weil ich das Bild Ann-Kathrin geschenkt habe oder versprochen habe, es ihr zu schenken, ohne daß es mir gehört, was Ann weiß, was alle wissen, auch daß das Bild nicht echt ist. Also was interessiert mich das Bild. Mich interessiert, wo Ann-Kathrin geblieben ist.

Ira Constantin löst die übergeschlagenen Beine. Sie lächelt. Sie hat Freude an dem Wirrwarr. Nein, das stimmt nicht. Sie fühlt sich verletzt von der demonstrativen Verstocktheit des jungen Mannes, von seiner abweisenden, wegstoßenden Unhöflichkeit, die halb von der Straße kommt und halb aus dem Verstand.

Am liebsten würde sie ihm sagen, daß er voller Dünkel sei wegen ihres Geldes, für das sie nichts könne, und daß auch sie sich zuweilen wünsche, Hosen mit Kniebeulen zu tragen, ohne gleich ans Schneiden der Stockrosen denken zu müssen. Auch sonst allerhand, was für andere selbstverständlich ist, ließe sich wünschen und sagen. Aber woher die Kraft nehmen nach all den Mißerfolgen in ähnlichen Situationen.

– Ich weiß, sagt sie (sie redet, denkt Jonas, und wie sie redet, weder die Sängerin ist schön noch das Lied), in welchem Verhältnis Sie zu der jungen Frau stehen, in deren Besitz sich das Portrait befindet. Kurios ist übrigens, daß sich die beiden ähneln, zumal mit dem kurzen Haar, das blonde und das Rauchende Mädchen. Der liebe Herrgott hat schon einen seltsamen Zoo, Herr Kreuzer.

Jonas: Was reden Sie da? Er steckt die Hände in die Hosentaschen. Er streckt die Arme durch: Ann und kurzes Haar? Sie irren sich.

– Aber nein, ihr Haar ist dreißig Zentimeter kürzer als zuletzt.

– Unmöglich, sagt er.

– Irrtum ausgeschlossen, sagt sie. Ich versichere es Ihnen, dreißig Zentimeter.

– Dreißig Zentimeter? stößt Jonas hervor. Hat sie es sich verbrannt? Hat ihr jemand Kaugummi hineingetan?

Ira Constantin lächelt, erneut, diesmal bei dem Gedanken, dem jungen Mann den Arm um die Schulter zu legen mit der Zärtlichkeit von jemandem, dem das sehr ferne liegt oder der sich selber in einen Arm wünscht: Gestern nachmittag war sie beim Friseur, schlicht und ergreifend, schnipp-schnapp.

Eine vollendete Tatsache? Jonas hebt den Kopf und spürt, wie sich Müdigkeit und Enttäuschung auf eine Reise unter seine Haut machen. Es wird wohl stimmen, daß Liebe das Blutbild verändert, und wenn seins vor einer Stunde naiver

Malerei glich, hat mittlerweile ein Fauvist die idyllische Szenerie übermalt. Ein Schock? Eine Erleichterung? Was fühlt man? Nicht mehr? Wie auch? Ist doch alles verändert. Jonas ahnt, daß die Dinge in sich verstrickt sind, bislang undurchsichtig, unabsehbar, daß das Verschwinden Anns, des Rauchenden Mädchens, die Gegenwart Ira Constantins und wahrscheinlich manches andere, von dem er nichts weiß, unauflöslich verfilzt ist, und daß er in diesem Netz zappelt, von Faktoren hineingestürzt, die er nur schwer abzuschätzen weiß.

Ihm ist unbehaglich zumute, bei jedem Wort, er wünscht sich, ein anderer zu sein als der, dem er sich verpflichtet fühlt. Trotzdem sagt er: Ich will mit dem Bild nichts mehr zu tun haben, ein für allemal, ich hoffe, Ann-Kathrin wirft es zum Altpapier.

– Nichts dergleichen wird sie tun. Dieses schöne, dieses kluge und berechnende Mädchen. Vermutlich versteht sie besser mit Lineal und Bleistift umzugehen als Sie, Herr Kreuzer. Bei Ihnen ist es schließlich nur der Beruf. Ich hoffe, Sie verzeihen die Indiskretion, die ich mir gestatte. Was ich sagen will: Sie hat die vergangene Nacht in einem hellblauen Haus an der Dombrücke verbracht. Caspar Zelzer mag Hellblau, helle Töne, nicht diese schreienden Farben. Das ist eines seiner Erfolgsrezepte. Und da Ihre Freundin weiß, daß Geld allein nicht unglücklich macht, sollten Sie das Bild in Ihre Rechnung einbeziehen, sonst sind am Ende Sie es, der im Regen steht mit nur dem Nötigsten am Leib. Abgebrannt.

Die Frau redet wie Tango, mal mit steifen Schritten, die geradeaus führen, dann mit gewitzten Figuren, plötzlich mit Brüchen und Schnitten der Taktik, der Reue, der Haltlosigkeit. Sie sagt, daß es sich andererseits nicht lohne, mit Angelegenheiten wie diesen va banque zu spielen. Liebeschancen verpasse man ausführlich. Sie spreche aus Erfahrung. Wenn er klug sei und sie zwei Minuten anhöre, komme alles ins Lot.

Jonas: Wenn Sie unter einem der Rubbelbilder ein vierblättriges Kleeblatt finden, haben Sie schon fast gewonnen. Die täglichen Versprechungen.

5 Caspar Zelzers Cabrio verläßt nach einem Kavalierstart den Parkplatz eines Innenstadtfriseurs. Ann-Kathrin klappt die Sonnenblende herunter. Sie schaut in den an der Unterseite angebrachten Kosmetikspiegel: Jetzt ist mir wohler. Mir kommt es vor, als sähe ich mich seit langem wieder unverstellt. Ich habe plötzlich Platz. Die langen Haare, wenn's einmal richtig heiß ist, sind eine Plage. Wie einem der Fahrtwind die Haare lockert. Er zerrt nicht mehr so. Es hat auch gar nicht so lange gedauert. Wäre eine Zumutung gewesen, wenn du stundenlang hättest warten müssen, Caspar, im Parkverbot, in der prallen Sonne, das Bild auf dem Rücksitz. Weiß Gott, wo diese Ira Constantin überall auftaucht. Ich habe übrigens nachgedacht. Ob eigentlich wissenschaftlich untersucht ist, warum einem beim Friseur das Denken so leicht fällt? Ob das mit dem Geruch von Rosenwasser zusammenhängt oder mit einer Chemikalie für Dauerwellen? Kurzum, Jonas ist ein sagenhafter Idiot. Ich hab's ihm hundertmal gesagt. Jonas, habe ich gesagt, laß das Bild hängen, wo es ist, nämlich im Wohnzimmer zwischen der Tür und dem Ledersessel, wo es hell ist ohne direkte Sonneneinstrahlung. Aber er, wie immer, ist klüger als alle anderen: Mach dir keine Sorgen um das Bild, ich weiß, was ich tue. Darauf ich: Nur die Folgen bedenkst du nicht. Ach was, gibt er zur Antwort, wen soll es in der Kulisse groß stören, möcht ich mal wissen. Na wen wohl, sage ich, den, dem's gehört, den, der's aus dem Fenster geworfen hat. I woher, sagt er, die Leute gibt's nicht mehr, sind weggezogen, habe

mich erkundigt. Nichts zu machen. War alles für die Übersiedelung aufgetürmt. Die brauchten bloß hinzulangen, um das Zeug aus dem Fenster zu schmeißen. So war's. Ist nicht mehr zu eruieren, wo die Leute hin sind. Und wieder ich: Na und, es gibt noch andere Leute, Bekannte, die Polizei zum Beispiel, und andere Bilder. Häng irgendwas in die Kulisse, aber nicht das Rauchende Mädchen.

Ann-Kathrin fährt sich träge durch das Haar am Hinterkopf. Sie dreht sich nach dem Bild um, das mit abgewandtem Gesicht am Rücksitz lehnt. Sie beugt sich nach hinten und wendet es.

– Ich staune immer, was für eine starke Frau sie ist. Ständig fühle ich mich von ihr belehrt. Aber wer will so verrückt sein, sich von einem Bild belehren zu lassen. Ich nicht. Niemals. Ich will ebenfalls eine starke Frau sein. Ich gönne es ihr, daß ich endlich den Mut gefunden habe, meine Haare schneiden zu lassen. Ich werde mir an ihr noch das Rauchen abgewöhnen. Wenn ich das Bild ansehe, kriege ich regelmäßig Lust auf eine Zigarette. Dabei raucht sie garantiert Blonde. So souverän, wie sie ausschaut, ist sie nicht. Hast du eine, Caspar? Eine Zigarette, meine letzte Zigarette, wer weiß? Du wirst sie mir anzünden.

– Alles zünde ich für dich an. Ich bin dein Phoenix aus der Asche.

– Wie egoistisch, wie halbherzig, Caspar, brennen zu wollen, um hinterher brandneu zu sein.

– Kann man mehr verlangen, Liebste?

– Nenn mich bitte nicht Liebste.

– Ganz wie du willst ... Hast du Jonas endlich erreicht? Du solltest es nochmals probieren. Wir fahren zu dir. Pack ein paar Sachen ein. Schreib ihm nötigenfalls eine Nachricht. Daß er immer unterwegs sein muß? ... Wo steckt er denn die ganze Zeit? Ihr müßt euch doch irgendwann sehen.

Schreib einfach: *Das Rauchende Mädchen muß für ein paar Tage in strenges Inkognito.* Und vergiß die Badesachen nicht, wenn möglich Strandsandalen, Sonnencreme. Ich warte hier. Beeil dich. Und dreh doch bitte das Bild wieder herum. Die Frau macht mich nervös. Sie ist so voller, nein, etwas anderes, etwas irritiert mich an ihr, wie sie den Kopf hält, nein, nicht wie sie den Kopf hält, egal, sagen wir, daß es die Art ist, wie sie den Kopf hält.

Da geht sie, Ann-Kathrin. Liebste. Ich nenne sie Liebste. Das soll ich zwar nicht. Aber was änderte das? Sie weiß ohnehin seit Jahren, wie es um mich steht. Am liebsten würde ich ihr hinterherlaufen. Allein, daß sie im Hauseingang verschwindet, ist ein ungeheuerlicher Akt der Verschwendung, unzulässig, weil ihre Schönheit in dem nachmittagsleeren Stiegenhaus ungesehen bleibt. Ich folge ihr in Gedanken. Ob sie in Eile ist? Ich möchte auf keinen Fall zu ihr aufschließen. Ich lasse mich sogar zurückfallen und bewundere, ein halbes Stockwerk unter ihr, ihre Beine, das Do-re-mi-fa-so ihrer Kniekehlen, Stufe für Stufe, das Vibrieren ihrer Schenkel, gleichmäßig auch in der höheren Oktave, der dritten Etage. Dort schlägt die Wohnungstür zu (als schlüge einem, inmitten des Lieds, der Deckel des Klaviers auf die Finger).

Und doch: Applaus. Und doch: Bravissima! Ich bin überwältigt. Ich möchte mehr. Ich denke nicht *mehr*, ich denke, *Ob sie sich jetzt umzieht? Ihre Schenkel. Ihre Scham*, und denke es umsonst, weil meine Fantasie den Mut nicht aufbringt, in die Wohnung einzudringen, Ann-Kathrin zu folgen, weil meine Fantasie es nicht einmal wagt, mich vor der Tür warten zu lassen.

Seit jeher bin ich vor verschlossenen Türen ins Herz meiner Unsicherheit gestellt. Seit jeher fehlt es mir an der

Geläufigkeit, Räume zu öffnen, fremde Räume, Raum um mich zu scharen, mich dem Raum um mich herum vertraut zu machen oder eindrücklich, nachweislich, daß ich später sagen könnte, es hat mich hier gegeben. Das gelingt mir nicht, das gelingt mir nie. Dementsprechend plötzlich finde ich mich in den Wagen retourniert, in den Schalensitz geworfen, mit einemmal in Gedanken an das Bild. Als ob es möglich sein könnte, von Ann-Kathrin abzulenken, ausgerechnet mit dem Bild.

Vielleicht ist doch die Art, wie die Frau den Kopf hält, die Ursache meiner Verunsicherung. Ich weiß es nicht, noch immer nicht. Egal. Ein schönes Bild. Fast zu schade zum Verkaufen. Es gäbe meinen Bemühungen Farbe und Form. Trotzdem muß es weg, möglichst schnell, weil die Frau zu Jonas gehört, nicht zu mir, obwohl sie genausogut zu mir gehören könnte, weil die Kartonrolle genausogut mir hätte auf den Kopf fallen können. Die Welt ist voller Zufälle, so heißt es doch. Aber der Zufall braucht ein bewegliches Ziel, wie Westernhelden, die auf herumfliegende Schnapsflaschen schießen. Verdammt! Diese blindwütige, eigentlich zielsichere Energie. Ich erinnere mich an einen Film, an Bilder einer in einem endlosen Himmel herumwirbelnden Flasche. Alles in Zeitlupe. Die Flasche fliegt und steigt bei gleichzeitigem Sichdrehen um alle Achsen, einem Drehen, das den Eindruck vermittelt, daß es in alle Ewigkeit fortdauert.

Dann der Schuß.

Ich hoffe, daß Jonas nicht mittlerweile nach Hause gekommen ist. Wäre schon ein Pech, nachdem vor zehn Minuten niemand das Telefon abgenommen hat. Er ist eben ein Herumtreiber. Ein ewig Vierzehnjähriger, der großtut. Ich stelle ihn mir vor: ein Vierzehnjähriger, der rauchend in einem Hinterhof lümmelt und mit seinen Freunden auf alte

Kumpels macht. Irgendwie sympathisch. Aber Ann-Kathrin ist keine Vierzehnjährige, und ich frage mich, was sie an Jonas' verspätetem Gehabe findet, an dieser ewiggestrigen Aufmüpfigkeit, hinter der er sich irgendwann versteckt hat und die ihm mittlerweile ins Gesicht gewachsen ist. Mir ist das rundum ein Rätsel. Aber sie schreibt ihm einen Zettel und küßt den Stift und das Papier und schreibt, wenn sie etwas schreibt, *Ich liebe dich.* Das hätte er nicht verdient, nicht Jonas. Natürlich hätte er es verdient und doch auch nicht, weil er nichts damit anfangen kann. Ein völlig winddurchpfiffener Charakter. Und schließlich: Was kann er ihr schon bieten bei dem wenigen, das er verdient? Ständig ist er unausgeschlafen, trägt dreckige Jeans und muß über alles Witze machen, am liebsten über seine Arbeit. Wo komme ich hin, wenn ich Leute beschäftige, die zu jedem Auftrag eine Karikatur zeichnen? Immer dieses Gelächter in den Büros. Ich hoffe, Ann-Kathrin nutzt den momentan günstigen Wind, sich aus diesem Verhau zu lösen, aus dieser Lebens-Schmierage. Denn natürlich halte ich mehr Kontur und auch mehr Unaufdringlichkeit, ich muß. Ich kann mich nicht so hinklecksen wie er, der in jeder Umgebung sofort die Farben ablenkt, wie man sieht oder spürt, der allem und jedem eine neue Note aufdrängt und wieder fort ist und wieder da, wie auch in diesem Moment, in dem er mir zuwider ist wie schon lange nicht mehr, weil ich an ihn denken muß, obwohl ich allen Grund hätte, mich mit mir selber zu beschäftigen.

Ich, Caspar Zelzer. Ich sage: Soviel Dummheit darf es nicht geben, daß man eine Frau wie Ann-Kathrin tagelang sich selbst überläßt, soviel Feigheit, sich aus der Verpflichtung zu stehlen, die man eingeht, wenn man glaubt, eine Frau wie Ann-Kathrin lieben zu müssen. Oder sie zu lieben, indem man ganze Nächte damit zubringt, die krummsten

Gassen der Stadt um ein Zusätzliches zu biegen, Knoten hinein zu machen. Was man statt dessen muß, ein Gefühl für die Dinge besitzen. Etwas Vernunft. Geradlinigkeit. Zielstrebigkeit. Man geht in aller Früh kurz weg, montiert das frische Blau vom Himmel, um den Frühstückstisch damit zu decken. Den Rest des Tages verbringt man damit, die Frau zu bewundern, sie zu unterhalten, damit ihr nicht langweilig ist. Komm, Ann-Kathrin, wir bleiben auf dem Balkon, die Porzellanhände für deine Ringe werden den Abwasch erledigen. Wir schauen hinunter auf den Fluß, auf die Brücke, wo grüne Feuerwehrautos fahren, wo Sozialisten mit grünen Fahnen demonstrieren, mit Orchideen im Revers und Transparenten, die Korruption für alle fordern. Schau, Caspar, wird sie sagen. Wird sie mir etwas zu sagen haben? – Sie wird mich anschauen auf ihre gedankenlose Art und zum ich weiß nicht wievielten Mal auf meine Frage, was sie denke, mit einem verwunderten *Nichts* reagieren.

Sie sagt: Da bin ich wieder. Schau, hier sind Packpapier und Schnur. Wird Zeit, daß sich das Rauchende Mädchen unauffällig macht. Los, fahren wir! Geht sich dein Haus am Strand noch aus?

– Wär schon zu machen. Doch haben wir alles? Haben wir nichts vergessen, alles bedacht? Besser, wir fahren morgen in der Früh, dann über Land. Niemand wird uns bei mir suchen. Hast du Jonas den Zettel gelegt?

– Wozu auch. Er ist so ungeschickt in diesen Dingen. Je weniger er weiß, desto besser. Er wird schon merken, daß ich da war. Ich habe die Fenster verdunkelt, damit die Wohnung auskühlt. Und in drei Tagen bin ich zurück. Das sind wir doch?

– Ganz wie du willst, Ann-Kathrin.

– Denn während dreier Tage schaut er kaum auf. Und schließlich ist es seine Schuld. Immer kopflos. Hält ein Bild, das ihm ganz fragwürdig gehört, in der Gegend herum und freut sich, wenn es den Leuten gefällt. Ihm fehlt es völlig am Ernst, sich in dieser Welt zu behaupten. Man muß auch irgendwann vernünftig sein. Mensch, stell dir vor, Caspar, diese Galeristin, Ira Constantin, die muß Geld haben; wenn stimmt, was du sagst, zahlt sie auch das Doppelte. Unter uns gesagt, mir hat das Bild nie recht gefallen. Schon an dem Tag, an dem Jonas bei mir eingezogen ist, habe ich mich von dem Bild herausgefordert gefühlt. Als ob das Mädchen mich nur gnadenhalber neben sich dulde. Als ob sie mir um eine Nasenlänge voraus sei. Schon komisch. Und daß das Bild in der Kartonrolle war, die dieser Irre aus dem Fenster geschmissen hat, ist mir erst nach ein, zwei Wochen aufgegangen. Sympathischer ist mir das Mädchen dadurch auch nicht geworden.

6 Als Jonas am Dom vorbeifährt, schon völlig atemlos, mit Gefühlen, die den Puls vor sich herjagen, zwängt sich gerade ein Hochzeitszug durchs Portal ins Innere. Ein Fetzen Orgelmusik schlägt Jonas ans Ohr. Er spuckt auf die Fahrbahn. Dann hört er nichts mehr. Er fährt weiter zur Brücke, bis zum rechten vorderen Pfeiler, wo er das Fahrrad abstellt. Er überquert die Brücke zu Fuß, weil er sich nicht vorstellen kann, mit dem Fahrrad anzugelangen, wo ihm nichts bleiben wird als sein Stolz. Er geht ungewohnt langsam, langsam wie einer, der weiß, daß er von ringsum beobachtet wird. Er schaut nicht links, nicht rechts, er stößt an Passanten, weicht niemandem aus. Doch als er das hellblaue Haus erreicht hat, fühlt er sich nicht besser und eigentlich miserabel.

Caspar Zelzers Haus stammt aus einem häßlichen Jahrhundert. Es ist als Postkarte an jeder Straßenecke erhältlich, mit einem rosafarbenen Haus zur Rechten und einem lindgrünen Haus zur Linken. Rückseitig steht der Name der Stadt, als ob Zuckergußfassaden imstande sein könnten, für diese Stadt zu sprechen.

Wer hört auf hochnäsige Häuser? Was immer diese Häuser sagen, sie sagen es, um falsche Eindrücke zu erwecken, um etwas weiszumachen in der Überzeugung, daß allgemein erwartet wird, daß Dinge weisgemacht werden, wenn möglich die ganze Welt aus dem Schmuckkästchen, woher sie nicht kommt. Da muß man auf der Hut sein, tun, was Jonas Kreuzer tut, diese Häuser aus den Augenwinkeln anschauen, über die Schulter, zwischen den Fingern, diese stets freundlichen Fassaden, dieses mechanische Lächeln. Und dann weitergehen – bitte weitergehen! –, sowie auch der Satz entziffert ist, den eine respektlose Hand meinte auf die mittlere der Fassaden, die hellblaue, schreiben zu müssen.

Folgendes ist passiert: Eine Weile zauderte Jonas auf dem schmalen Vorplatz hin und her. Er ging unentschlossen auf und ab. Fünf Schritt in diese Richtung, fünf Schritt in die andere Richtung, den Wunsch entlang, sich wieder schlafen zu legen oder zu Franziska zurückzukehren und seine Befürchtungen aus zweiter Hand bestätigt zu finden. Mit einmal blieb er stehen. Er öffnete den Geigenkoffer und sprayte mit Nummer 8, smaragdgrün, in drei Zeilen einen Schriftzug über das charakter- und wesenlose Himmelblau, das der Tourismusverein alle paar Jahre mit einem frischen Anstrich stützt. Eine beschützte Farbe, angefeindet von der bösen, schmutzigen Stadt: *Die toten Punkte des Lebens erweisen sich manchmal als Kanaldeckel, die ein Entkommen ermöglichen.*

– Junger Mann, was machen Sie da?

Ein alter Mann mit einem leeren Jackenärmel in der Seitentasche ist zu Jonas getreten. Er klopft mit der einen Hand die Taschen seiner Joppe nach der Brille ab. Er mustert Jonas mit zur Seite geneigtem Kopf, mit großen, tränigen Augen. Er reißt die Augen auf, sowie er die Bügel der Gläser hinter die knorpeligen Ohren gehakt hat.

– Ja darfst du das? fragt er mit seiner ständig über ein schlechtsitzendes Gebiß stolpernden Stimme. Laß mal sehen! Interessant! Hoffen wir, daß der Gedanke der Nachwelt möglichst lange erhalten bleibt.

Indem Jonas den Geigenkoffer verschließt, schaut er über den Rand seiner Sonnenbrille. Er nimmt die Sonnenbrille im Aufstehen ab, macht es genau umgekehrt wie Sting, der seine Brille aufsetzt, wenn er privat wird: Es ist verdammt schwer, zu diesem Himmelblau den richtigen Ton zu finden.

– Ganz richtig, beschissen, sagt der Einarmige, eine Schande für ein Haus, auszusehen wie ein Pudel mit gefärbten Haaren. Wenn ich zu Hause huste, plackt der Mörtel von der Decke. Aber eins ist gewiß, ganz im Gegensatz zu den Reichen in dieser Straße, bei denen die Müllabfuhr zweimal die Woche vorfährt, gibt es bei mir keine Mäuse, nie gehabt, weil der Sockel von meinem Schuppen schwarz gestrichen ist. Aber diese Schnösel mit ihren herausgeputzten Häusern haben ja bloß dicke Konten und keine Ahnung. Mach ihnen ordentlich Gelb an die Wand, dann brauchen sie bis zum Herbst Zyankali.

Das ist auch eine Möglichkeit. Gelb. Jonas nickt. Der Alte stupst sich zum Gruß an den Hut und schlurft davon, derweil sich Jonas kurz entschlossen der Haustür zuwendet und dort den oberen Klingelknopf drückt, an diesem Knopf anfängt, anfangen will, die Reihe der Ungereimtheiten aufzuknöpfen, anzuknüpfen an das letzte gemeinsame Lachen. Er war ganz ruhig, Jonas, bevor er daran dachte, Ann-Kathrin lachend. Sein Puls ging wieder normal. Stopp! Eins ... zwei ... drei. In solchen Situationen braucht es kaltes Blut. Man muß der Kälte, mit der einem die Welt begegnet, ebenso eisigen Blicks standhalten. Drum einmal tief durchgeatmet, zumal um dem Bevorstehenden gewachsen zu sein, zugleich die Intervalle des Atemholens dehnend, eine Anbahnung der darauffolgenden Tempi.

Denn schon beginnt es in der Wechselsprechanlage, Stimmensprenkelanlage, zu knistern. Das *Hallo?* einer Frauenstimme, der Stimme Clarissas, Caspar Zelzers Schwester, veranlaßt Jonas, den Kopf zu den Lamellen zu senken. Er wolle Ann-Kathrin sprechen. Ein Rascheln, Brausen. Dann wieder die Stimme: Wer spricht?

– Sag Ann-Kathrin, ich bin's.

– Aber Ann-Kathrin ist nicht da.

– Was du nicht sagst, verlogenes Luder, im Fegefeuer wirst du dir deine Stimme anhören müssen. Kannst du dir das vorstellen? Sogar deine Stimme stinkt nach Geld.

Darauf wieder sie: Laß dir das eine gesagt sein, mit dir ist nicht auszukommen.

Jonas: Das ist meine Strategie.

– Und dein Erfolg ist dementsprechend, denn nur zum Beispiel triffst du Ann-Kathrin in diesem Haus nicht an. So oder so. Sie ist nicht da. Erst recht nicht für einen, für den die Welt noch immer eine Scheibe ist, die man nicht umdrehen kann.

– Verdammtes Miststück! Was soll das wieder heißen?

Ja, was denn? Gute Frage.

Aber die Verbindung ist unterbrochen. Klack. Claque, claque. Jonas verharrt einige Zeit vor der Tür, verblüfft, acht Sekunden, zehn Sekunden. Er versucht, das Gedränge seiner Gefühle, Gedanken zu ordnen, sie an den Kulminationspunkten zu regeln, Kreuzungen zu räumen, und klingelt dann, als er glaubt, das Durcheinander aus Verletztheit und Zorn einigermaßen gelichtet zu haben, erneut, wiederholt, bis er am Fehlen der Vibration in der Klingeltaste spürt, daß die Apparatur tot ist und seine Frage vergeblich. Dabei: wie gerne er sie beantwortet bekäme. Wie gerne er es besser verstünde. Aber was tun mit nichts als Hilflosigkeit im Schilde, mit nicht einmal etwas Vernünftigem zum Denken. Das geht nun auch wieder nicht. Er geht davon, die Nase an der Gürtelschnalle. Er geht durch die grelle Sonne, von der er sich gedemütigt fühlt. Er geht den Gehsteig entlang. Sieht immerhin bei einem Geldinstitut, daß es sie noch gibt, Leute, die mit Steinen nach Drachen werfen. Sieht in der Glasfront eine überklebte Bruchspinne, deren Beine sich, von einer Delle ausgehend, in unterschiedlich langen und verästelten Sprüngen über die Scheibe, teilweise bis zu deren Rand erstrecken. Sieht sonst nichts. Denkt weiterhin nichts. Geht bei Rot über die Ampel, worüber eine Dreiklanghupe lautstark reflektiert, über seine Gedankenlosigkeit, die unbefugte Überschreitung, ein Verkehrtgehen, Vergehen gegen die Verkehrsordnung und und und – –.

7 Über der Brücke, nachdem er beim Dom ein Ticket gelöst hat, steigt Jonas die enge, von verschweißten Schrauben genoppte Stahltreppe des linken, zum Fluß gelegenen Turms hoch. Durch ein brusthohes, zur Tür umfunktioniertes Fenster, über dessen Kopfbalken diverse von Zelzer's Nachfahren hergestellte Schilder angebracht sind, die darauf hinweisen, daß Rauchen sowie das Spucken auf den Domplatz verboten sind, gelangt er auf die Aussichtsgalerie. Jonas hält sich rechts, bleibt vor dem Metallschild *Straßburg – London – Dublin* stehen, das am hüfthohen Geländer angebracht ist und die Himmelsrichtung anzeigt. Genau in dieser Linie liegt, wenig mehr als hundertfünfzig Meter entfernt, auf der anderen Seite des sumpfigen Flusses, der sich als schmutziggelbe Brühe durch die Hundstage quält, zwischen Straße und Uferbefestigung Caspar Zelzers hellblaues Haus, rückseitig. Auf dem Balkon unter dem Dach wird gefrühstückt.

Jonas nimmt die Sonnenbrille ab. Schmerzhafte Grelle. Die Sonne blendet, macht alles unsichtbar, macht den Puls zu einem Reißen, Sehnen, Reißen. Eine kurze Atemlosigkeit. Dann tritt Jonas zum Münzfernrohr, das auf den Fluß ausgerichtet ist, und hält die rechte Hand vor die Linse. Ein Japaner löst daraufhin sein Auge vom Okular. Er wendet sich zu einer Frau, die über die Brüstung gelehnt in einem Buch blättert. Die Frau klimpert in ihrem Portemonnaie. Doch als sich der Japaner wieder dem Fernrohr zuwendet, muß er feststellen, daß sich dessen ein junger Mann bemächtigt hat, daß der junge Mann an dem geriffelten Rädchen die Bildschärfe reguliert, das Bild schärft, die Optik schärft, mit einem zusätzlichen Tränchen den Blick schärft, wenn es auch bitter ist, das Liebesleberträncheñ. Jonas. Er stellt den Apparat mit der leicht beschlagenen Linse auf den schmalen, von einem verschnörkelten Geländer abgeschlossenen Balkon ein.

Luftig angezogen, in einer gestreiften Pyjamajacke, und doch kaum abgekühlt aus dem Bett mit ihm, rührt Ann in ihrem Kaffee. Das Haar – kurz und gut. Zur Linken redet Clarissa auf sie ein, derweil Caspar, die zur Pyjamajacke, zum vorläufigen Lauf der Dinge, die zur freien Geläufigkeit solcher Geschichten passende, die laufpassende Hose tragend, auf der anderen Seite des Tischs einer Semmel den Stern öffnet, ihr das Weiche heraus ißt. Er trinkt aus seiner Tasse. Er wischt sich mit einer Serviette den Mund. Sein rechtes Knie stößt unterm Tisch an eins von Ann-Kathrin.

Eine Fassungslosigkeit. Kann es das geben? Daß man sich so täuscht? Ein richtiges Idyll. Warum sich etwas vormachen. Und selbst das Idyll ein Teil der Verworrenheit.

Clarissa muß ein Insekt auf ihre Honigsemmel geflogen sein. Sie ziert sich in einer Schaumschlägerei aus Gesten, große Sprechblasen mimend. Sie legt das Brötchen weg, was Ann zum Lachen bringt. Sie lacht. Dann fängt Jonas ihren Blick, der in seine Richtung geht. Er fängt ihn nicht wie einen Schmetterling mit dem Netz (ganz so, wie er früher einmal Feuer gefangen hat, ein kontrolliertes Feuer, das diesen Moment, nach drei Jahren, zynisch auflodert und zum Brand wird), fängt ihn mehr wie einen Schuß in die Brust und zieht erschrocken den Kopf ein. Dabei sollte er wissen, daß Ann-Kathrin hundertfünfzig Meter weit weg ist, viel zu weit, um ihn erkennen zu können. Und mit dem letzten Blick, bevor sein Auge wegtaucht, gewahrt er, erahnt es womöglich nur, bildet sich das Gesehene nur ein, daß sie nach einer Semmel greift, das tut sie, in diesem Moment, denkt er, nach einer Fabriksemmel, denkt er. Er schwenkt das Fernrohr herum und richtet sich auf.

Sein Herz und die Erde beben. Sie setzen ihn außerstand. Er begreift es nicht. Die Croissants, die er in der Früh gekauft hat und die jetzt in der Küche vergammeln, kommen ihm in den Sinn. Nie zuvor hat er Ähnliches empfunden. Er wartet, daß das vorübergeht oder in die unterste Etage seiner Empfindungen rutscht, ins Gleichgültige. Aber es geht nicht vorüber, eine, zwei, drei Minuten lang. Die Uhr am Fernrohr ist mittlerweile abgelaufen, die Münze gefallen.

Am Rande der Besinnungslosigkeit vor hilflosem Zorn kramt Jonas nach neuen Münzen. Er klopft sämtliche Taschen ab, rasend, weil er sein letztes Geld für die Blumen ausgegeben hat. Währenddessen schaut er in die Richtung seiner Verletzung, und die Distanz, in die ihn die Unzulänglichkeit seines Sehvermögens stellt, macht alles nur noch schlimmer, grad so, als hätte er mit dem Verlust der optischen Nähe auch den Faden verloren, als wäre das letzte Wort bereits gesprochen, als wäre ein zeitliches Äquivalent zu der alle Zärtlichkeit verhindernden Entfernung ohne Besserung vergangen.

Schließlich erkennt Jonas mit freiem Auge, daß die Figuren auf dem Balkon Anstalten machen, den Frühstückstisch zu verlassen. Was macht das noch? Jetzt. Ein leerer, scheinheiliger Balkon, auf dem sich Jonas' Tag so oder so verfangen hat, das Geländer schmiedeeisern, schwarz, ein weißer Plastiktisch, weiße Plastikstühle. Voilà.

Er überläßt das Prospektrohr dem Japaner. Beugt sich mit einem Gefühl fader Übelkeit resigniert über das Geländer.

Starrt in die Tiefe, in einen stürzenden Rhythmus aus Bewegungen, Geräuschen, Lichtreflexen. Autos fahren in den Tag hinein. Menschen gehen in den Tag hinein. Speichen fliegen in den Tag hinein. Tablette blitzen zwischen Sonnenschirmen. Sonnenschirme nicken, rucken. Tauben tappen auf dem von ihrem Schiß übertäubten Kopfsteinpflaster. Vögel zwitschern. Fliegen surren. Alles in den Tag hinein. Ausgebrannte Raketenköpfe, die noch von der letzten Silvesterfeier herrühren, lassen sich auf den antennengespickten, kreuz und quer durcheinandergeworfenen Dächern ebenso ausmachen wie ringsum montierte Scheinwerfer, die den Dom bei Dunkelheit anstrahlen. Blecherne Dachluken blitzen in der Sonne, silberne Krater zum Nichts. Und ringsum ein Himmel, im Grunde farblos, aber mit blitzblauem Nylon verschweißt.

Als Jonas seinen Blick nach geraumer Zeit wieder einmal, wie er es zwischendurch öfters getan hat, über die Häuserzeile auf der andern Seite des Flusses schweifen läßt, sticht ein Daumensprung neben dem hellblauen Haus ein Sportcabrio aus einem Torbogen. Der schwarze Wagen fährt links und reiht sich zur Brücke in die Abbiegespur. Die Ampel steht auf Rot. Jonas wirft einen knappen Blick auf das Fernrohr, dann schubst er den Japaner zur Seite.

Der Mann rudert mit den Armen, zerrt am Ärmel von Jonas' Jacke. Er unterläßt seine Bemühungen, als ihm seine Begleiterin etwas zuruft. Der Japaner klopft Jonas freundschaftlich auf die Schulter. Die Ampel springt auf Grün. Die Schlange fährt an, gezogen und geschoben im Gefüge der Kräfte, die die Kreuzung von allen Seiten bedrängen. Das Cabrio schwänzelt unruhig, wechselt auf die zweite Spur und überquert die Brücke, auf die das Fernrohr einen ungehinderten Zublick bietet. Ann-Kathrin und Caspar sitzen in dem Wagen. Ann auf dem Beifahrersitz, geschwind größer werdend im Näherkommen, von der beschlagenen Linse verschleiert. Sie trägt das brombeerfarbene Handtaschenkleid, das Jonas für sie ausgesucht hat. Caspar Zelzer ein weißes Hemd und eine Sonnenbrille. Im Fond stapelt sich jede Menge Zeug, Badetaschen, Tennisschläger, Golfutensilien, das Bild, das verdammte Bild. Noch kurz das Cabrio von hinten. Dann endet der Radius des Fernrohrs, der Radius von dem, was man gesehen haben muß. Der Anschlag.

Jonas sieht dem Wagen nach. Was davon halten? Ein ratloses Heben der Schultern. Zugleich ein Blickwechsel mit dem Japaner, dessen Augen auch gleich, vorsichtshalber, den traurigen Glanz weiser Menschen annehmen, bemüht, zu verstehen zu geben, keinen Bauchladen mit Patentrezepten, lebenslindernden Kalendersprüchen zu besitzen. Jonas empfängt erneut ein Schulterklopfen. Er spürt ein Seil unter den Füßen, beschließend, daß es kein Seil ist, sondern eine Planke, ein Halt, zehn Zentimeter breit, fünfzehn Zentimeter breit. Fünf Meter bis zur Treppe. Jeweils drei Stufen in einem nehmend, dreht sich Jonas durch deren Spirale in die Tiefe (wo mitunter keine Tiefe ist, nur Trübe, nitschewo, denn wohin sonst), dem tieferen Sinn hinterher.

8 Auf dem Domplatz, vor dem Eisstand, haben sich zahlreiche Touristen angesammelt. Etliche drehen an den Karussellständern mit den Souvenirs und Postkarten. Auf der Freitreppe zum Hauptportal wird ein Hochzeitsfoto arrangiert. Auf das Zeichen eines der Fotografen werfen Mädchen Blumensträuße in die Luft, andere werfen Reis, während Braut und Bräutigam einander leidenschaftlich küssen. Ein halbes Dutzend Fotoapparate hängen an den Lippen der Küssenden, schnappen gierig nach dem Moment, Piranhas, zukünftige Erinnerungen aus der Zeit reißend, während die Zeit flugs vergeht. Seit wann kann man Glück festhalten, seit wann kann und soll man Glück in ein stickiges Album zwängen, in eine speckige Geldtasche, die nach Münzgeld riecht. Von einem Auto im Blumenkorso ertönt ermunterndes Hupen. Die Braut, eine großgewachsene Frau, springt ihrem frisch angetrauten Ehemann mit gegrätschten Beinen in die Hüfte, hält sich mit verschränkten Fingern in seinem Nacken fest. Nimmersattes Klicken der Fotoapparate, neuerliches Hupen.

Wie schrecklich dumm sich Jonas vorkommt, gänzlich fehl am Platz. Er möchte am liebsten im Boden versinken, als er dem Brautpaar beim Küssen zusieht. Wie kann er nur so herumstehen? Sich mit verstörtem Gesichtsausdruck für ein Familienalbum fotografieren lassen, zufällige Staffage seitlich im Hintergrund von zwei Großtanten, die Hymnen auf die Schönheit der Braut singen? Hat er nichts Besseres zu tun, er, bei dem dieses Ereignis schlechte Aussichten weckt? Die beiden sind jetzt verheiratet, und drüben, am anderen Ende der Freitreppe, wartet, mit Schleiern und weißen Nelken geschmückt, ein Beiwagenmotorrad für die Fahrt in die Flitterwochen. Honigmond in Landgasthäusern, Vormittage im Bett, Finger in der Kirschmarmelade.

Eine Beiwagenmaschine ganz ähnlicher Bauart hat Jonas erst unlängst im Maßstab 1:3 für eine Werkstätte gemalt. Für eine Weile betrachtet er das Gespann aus rein beruflichem Interesse. Schlaglichter einer Hochzeitsreise drängen sich ihm wiederholt in beklemmender Heiterkeit auf. Für einen Moment gerät wieder alles ins Wanken. Doch sowie er im Nähertreten bemerkt, daß an dem bauchigen Scheinwerfer der Schlüssel steckt, schnappt auch er nach dem Glück, packt es, wenn man von Glück reden will, bei den Hörnern, wie jeder andere es tut, wenn er kann, indem er, und er weiß es, mit der Leichtigkeit, die das Lachen und Zappeln der Braut auf Meter im Umkreis verursacht, den Geigenkoffer ins Beiboot schmeißt und sich auf den birnenförmigen Sattel schwingt. An den Beinen spürt er den warmen Auspuff. Er nimmt den provozierenden Geruch von Benzin wahr. Etwas Verwegenes liegt darin. Eine Welle der Euphorie durchströmt ihn, eine plötzliche, fieberhafte Zuversicht. Er klappt den Kicker nach unten. Er tritt ihn kräftig durch. Der Motor heult auf. Und ehe die Hochzeitsgesellschaft begreift, daß Jonas mehr als nur auf dem Domplatz im Kreis fahren will, fährt die Maschine in die Sartostraße ein, mit einem tanzenden Rattenschwanz aufgefädelter Blechbüchsen hinter dem Beiboot, Katzenfutter, Rindsschwanzsuppe, Chili con carne undsoweiterundsofort, als ob Jonas dieses Aufsehens bedürfte, zumal, wenn man bedenkt, und Jonas bedenkt es, daß er eine gelbe Jacke trägt, die meilenweit leuchtet.

Trotzdem, in manchen Momenten ist es einfach besser, etwas Falsches zu tun als gar nichts.

Schon scheren zwei Wagen aus dem Blumenkorso am Parkstreifen aus, nehmen unter heftigem Hupen die Verfolgung auf. Aber das Hupen verfängt sich in den Blumen und Schleiern auf den Motorhauben und wird von gedankenlos des Wegs kommenden Autos, die nicht minder begierig sind, dem Hochzeitsgespann Referenz zu erweisen, wirkungslos zurückgeworfen. Etliche Leute applaudieren, manche mit den Händen überkopf. Zwei alte Männer haken an den Ellbogen unter und tanzen, mit den Ellbogen wiederholt die Richtung wechselnd, hüpfend umeinander.

An der Kreuzung Sarto-/Rohrichstraße gelingt es Jonas, einen Knüppel zwischen sich und seine Verfolger zu werfen, indem er die an der Ampel wartenden Autos auf der Gegenspur überholt und die Kreuzung bei Rot überquert, sich zwischen neuerlich hupenden Autos hindurchzwängt, über einen funkelnden Splittersalat aus geborstenen Scheinwerfern und Blinkern hinweg. Zweihundert Meter über der Kreuzung, als das Hupen der Hochzeitsautos nur mehr schwach zu hören ist, wagt es Jonas, kurz anzuhalten, um die Blechbüchsen vom Chrombügel des Beiboots zu zerren. Er faßt im Weiterfahren nach der am Lenker hängenden Halbschale, um sie sich über den Kopf zu ziehen. Handschuhe und ein rotes Halstuch, die lose das Innere des Helms ausfüllten, fallen heraus. Das Halstuch flattert im Fahrtwind nach hinten. Es kreuzt den Straßenausschnitt im Rückspiegel und rollt, vor einer Brise aus aufgeheizten Abgasen und vor dem Geruch schmorender Hundescheiße fliehend, zu einer Bushaltestelle, wo es von einem blonden Mädchen aufgegriffen wird.

Bei erster Gelegenheit biegt Jonas erneut ab. Er schneidet durch Seitengassen, Brandgassen, Schlippen, die einem Motorrad beträchtliche Vorteile einräumen. Er beschleunigt auf den Geraden, daß das Tempo die Seitenstraßen wie Spielkarten aufblättert, die über einen Daumen laufen. Hausfrauen springen vom Klatsch auseinander, fluchen hinter der schleierwehenden Maschine her oder denken, träumerisch, daß der Fahrer seinen Hochzeitstermin verschlafen hat, der Ärmste, schlimmer, daß ihn der Mut verlassen hat oder daß ihm der Mut, es bleibenzulassen, auf dem Weg zur Kirche zurückgekehrt ist. Was für ein Mann! Und ach, oje. Sie schlagen die Hände vors Gesicht. Denn Jonas kriegt es hin, daß das Beiboot, als er gegen die Einbahnregelung in eine Gasse einfährt, funkensprühend eine Hausecke schrammt. Auch das noch. Egal. Was macht das schon. Was kümmert ihn das Beiboot. Ihn kümmert, daß er gegen die Einbahn fährt, nicht nur dem Üblichen, das ginge noch, auch dem Notwendigen gegen den Strich. Denn die Straßen haben sich hinter ihm geschlossen oder derart verzweigt, daß sie seinen Verfolgern wie ein drohendes Rutenbündel entgegenstehen, eine dieser Vielfältigkeiten städtischer Wirklichkeit. Warum also gegen die Einbahn fahren? Einbahnen entspringen sturer Logik, und um vorwärts zu kommen, muß man immer bereit sein, gegen jede Logik zu verstoßen, sich die über jede Logik triumphierende Unlogik zunutze zu machen, die unverschämte Abkürzung, den unverschämten Umweg, letzteren vor allem. Doch weiterhin im Bereich des Doms, wo sich Jonas bald spielerisch, bald lustvoll verirrend in Links- und Rechtskurven windet, als wären links und rechts ein und dasselbe, ist es vorerst besser, sich möglichst unauffällig davonzumachen, zuzusehen, daß die Türme der Stadt ehestmöglich unter der entstehenden Smogglocke verschwinden, weit draußen, wenn das Motorrad bei den Autofriedhöfen zwischen den aus Wracks aufgetürmten Sandwiches hindurchgleitet, auch sie welk, schmierig, verdorben, die Lichtschlangen wie Maden auf dem Lack.

9 Der Motor greift weit aus. Generalüberholt und vollgetankt, fährt die Maschine mit all der Liebe, die ihr der Besitzer in Vorbereitung auf die Flitterwochen entgegengebracht hat, über die stark frequentierte Ausfallstraße Richtung Westen, zum Meer, dorthin, wo Caspar Zelzer ein Strandhaus besitzt. Jonas glaubt fest, daß Ann-Kathrin und Caspar zu dem Strandhaus unterwegs sind, ebenso, kein Schatten eines Zweifels, daß Caspar der Einfachheit halber die Autobahn benutzt. Es ihm gleichzutun kommt aber nicht in Frage, da es unklug wäre, mit dem gestohlenen Gespann die Mautstellen zu passieren. Geld hat Jonas ohnehin keins dabei. Also läßt er den Autobahnknotenpunkt, der sich über einem Landschaftsschutzgebiet im Nahbereich eines Sees auf Stelzen verknäuelt, links liegen und nimmt den Umweg, der ihm aus der Landstraße erwächst, gerne in Kauf. Ohne viel zu denken, ohne viel zu hoffen, nicht einmal, daß er etwas tut, das Sinn ergibt, getragen von der Abwechslung, die eine verebbende Stadt zu bieten hat, getragen von einem unbestimmten, aus der Geschwindigkeit gewonnenen Begehren, Ann-Kathrin zu folgen, fädelt er die Kilometersteine auf seine Linie Richtung Meer.

Mit Erreichen der letzten Vorstadttentakeln wird der Asphalt träge. Jetzt findet Jonas Gelegenheit, die Fliegerbrille vom Helm herunter über die Augen zu ziehen. Er lehnt sich zurück, entlastet gleichzeitig seine bis dahin angespannte Rückenmuskulatur, lockert seine Fäuste, mit denen er den Lenker zuvor bis zum Schmerz umfaßte. Die Stützen der im

Bau befindlichen Teststrecke für die geplante Magnetbahn, abgeflachte Bögen aus hellgrauem Beton, heben sich ohne Verbindung zueinander in einem Abstand von jeweils hundert Metern einsam von den Wiesen ab und enden unvermittelt irgendwo zwischen riesigen Wohnanlagen. Kleine, schwitzende Bäume stehen im hoffnungslos verstaubten Grün, reißen ab, als von Stacheldraht umzäuntes, militärisches Übungsgebiet beginnt. Dann erschöpft sich die Farbpalette in Braun- und Gelbtönen. Lediglich das Rot auf den Schildern, die darauf hinweisen, daß das Eindringen in das Sperrgebiet auf eigene Gefahr erfolgt (auch sie von Zelzer's Nachfahren?), gibt dem Auge Beschäftigung.

Die letzten Hochhäuser sinken hinter eine Kuppe, schauen bald aus, als hätten sie nur fünf oder sechs Stockwerke anstatt dreißig oder mehr. Strommasten spazieren noch eine Weile mit großen Schritten und voll unbekümmerter Behäbigkeit neben der Straße her. Doch schließlich gehen auch sie ihre eigenen Wege. Links und rechts vom Bankett setzt Leere ein, unsäglich, unantastbar unter dem scheinbar fehlerlosen Himmel aus Nylon, dem vis-à-vis das Straßenband ölig schimmert, wenn es dann und wann an Bodenwölbungen zu Luftspiegelungen kommt.

Es ist schon bemerkenswert, wie tief der Himmel heruntersinkt, wenn die Ebene bis zum Horizont reicht und die einsehbare Welt, das Runde, wie so oft, wieder einmal flach erscheint. Nur selten tut sich da und dort Wolkengekröse zu einem Haufen zusammen und steigt mit dem Näherkommen des Motorrads am Himmelsbogen auf wie eine Flocke Weiß auf dem Fingernagel eines dreizehnjährigen Mädchens. Selten zeigt sich der Flug eines einsamen Vogels oder Jumbojets, der vom Meer her seine Route Richtung Flugplatz nimmt. Und einmal sind zwei Kondensstreifen gekreuzt, wie Schwerter auf blauem Porzellan. Die Farben sind vertauscht. Das Porzellan ist nicht echt. Die Schwerter sind nicht echt. Schartig und immer schartiger werdend sind sie an den Himmel geheftet als bloße Zierde. Als blanker Hohn. Blank, aber schartig, wie schon gesagt. Ausgezackt. Das Gefährliche ist versteckt, verborgen. Auch die Stare, die in Reih und Glied von einem Telefonkabel aus der immer größer werdenden Silhouette entgegenschauen, entdecken nichts Bedrohliches. Sie verharren auf dem Draht oder fliegen nur der Form halber auf, bedächtig, lautlos, kurz bevor die Maschine passiert.

Dann sind die Kilometer nur mehr sich selbst gefällig, der Anfang einer verheißungsvollen Ferne, doch selber immer ohne Überraschung, ohne Besonderheit, schnurgerade. Kein Mittelstrich mehr, der die Geschwindigkeit austariert. Ein Hase. Ein geräderter Marder. Ein verlorener Auspuff. Manchmal ein Dorf, ein Satz Häuser in diesem Schweigen, ein einzelnes Wort, das ein verfallener Schuppen auf einem seitlich gelegenen Hügel vernehmen läßt. Telefonmasten, die habt acht stehend die Fahrtrichtung säumen, Buchstaben eines Endloswortes, oherzählemirallesüberannichmußallesvonihrwissen.

AnnAnnAnn. Kathrin. Kein Mittelstrich, kein roter Faden. Geräderte Hasen. Geduld und Ausdauer? Wohin damit? Und Findigkeit? Das reicht nicht aus in zehntausend Tagen und Nächten, wenn es gilt, in die Nähe dessen zu gelangen, was eine Frau im Innersten zusammenhält. Jonas hat sich bemüht, sich nach ihr gestreckt, die Waffen gestreckt, sich am Wegrand ausgestreckt, erschöpft an einem Grashalm gekaut, das Blaue bewandert. Nur selten stellt sich die Ahnung ein, das Ende einer Reise sei absehbar, der Punkt erreicht, wo es lediglich der letzten Entscheidung nach der richtigen Abzweigung bedürfe.

Jonas hat diese Abzweigung immer verfehlt. Frauen sind

nicht wie Rom, wohin alle Wege führen, sogar beschildert. Ein Gefühl der Aussichtslosigkeit überkommt ihn. Er fühlt, daß er über den Versuch, Ann zu verstehen, nicht hinausgekommen ist. Trotz dreier Jahre, die er mit ihr verbracht hat, paßt ihm noch immer nur die Kappe des staunenden Zauberlehrlings, dem man die höheren Weihen nicht grundlos vorenthält.

Nach gut einer Dreiviertelstunde fährt Jonas an den unbefestigten Straßenrand, von dessen Belag stellenweise große Schollen abgebrochen sind. Bei laufendem Motor schlüpft er aus der Jacke, die er gleich darauf wieder überstreift, nachdem er das schweißgetränkte T-Shirt in den Sozius gepfeffert hat. Wie nie zuvor bedrängt ihn das Gefühl, Licht besitze Masse. Der ganze Landstrich ist von der Sonne wie erschlagen. Der Asphalt wirft Brandblasen, stinkende, bitter riechende Schwären. Auch Jonas' Handrücken lassen zum Gelenk hin Rötungen als Vorboten eines Sonnenbrands erkennen.

Laut Straßenkarte, die er aus dem Seitenfach im Innern des Beiboots hervorholt – eine Route nach Paris ist mit Rotstift markiert –, befindet sich die nächste Tankstelle zwanzig Fahrminuten entfernt. Aber bis dahin sind Jonas' Hände ruiniert, weshalb er das Reisegepäck öffnet, die Tasche der Braut, und zwei weiße, spitzenbesetzte Slips hervorwühlt, die seiner momentanen Stimmung in ihrer Farbe und Konsistenz am ehesten entsprechen. Als er die Slips in die Hand nimmt, spürt er sofort den wohltuenden Anflug eines Schnürens in der Kehle. Das Schnüren reicht nirgends hin. Eine kurzfristige Sentimentalität. Das Schnüren deutet aber vieles an. Eine schöne und absurde Trostlosigkeit: allein am Straßenrand zu stehen und sich Zärtlichkeit von den Slips einer fremden Frau zu erhoffen, die im Unerreichbaren, jenseits der Kluft einer strafrechtlich relevanten Tat, nach Brautstrauß und Tränen riecht.

Jonas fühlt sich schlecht. Ihm ist ein wenig schlecht. Viel zu heftig, grad so, als müßte er etwas wegsperren, zieht er den Zipverschluß der Tasche wieder zu. Eine weitere Zäsur. Ein weiterer Riß. Reißaus. Ein Schweißtropfen fällt auf den Auspuff, dampft zischend ins Flüchtige. Jonas wickelt die Slips um seine Hände. Dann treibt er den Motor hoch. Blindwütig hetzt er das Gespann voran.

10 Die auf der Straßenkarte vermerkte Tankstelle liegt am Eingang eines Dorfes, ein Stück davon abgesetzt, an einer baumlosen Wiese. Die Zapfsäulen mit den chromblitzenden Hauben stammen aus den siebziger Jahren, als die Autobahn noch nicht gebaut war, dasselbe gilt für das angerostete Jägermeisterschild über der Tür, wo früher ein Shop für Kekse und Dufttannenbäume gewesen sein muß. Damals hat das Hauptgebäude der umliegenden Landschaft mit jeder Menge Farbe getrotzt. Aber mittlerweile ist der in Gelb und Grün gehaltene Bau arg in Mitleidenschaft gezogen, die Farben sind an den dem Wetter besonders ausgesetzten Stellen weitgehend abgeblättert, ansonsten ausgebleicht, spröde und von aufgeworfenen Rissen durchzogen.

Mit dem Passieren eines quer über die Einfahrt gelegten Kabels ertönt ein Klingeln. Kaum hat Jonas das Gespann, dessen Rot der Umgebung ebenfalls Tribut gezollt und einen matten, von Staub gebrochenen Ton angenommen hat, bei den Zapfsäulen abgestellt, tritt ein älterer Mann aus einem Werkstattschuppen und wirft einen Schraubenschlüssel nach einer Frühlingskatze, die bis dahin auf gestapelten Altreifen hockte. Die Katze taucht unter dem kreiselnden Wurfgeschoß weg und flüchtet durch Gestrüpp, das im Windschatten des Schuppens Halt gefunden hat, hinters Haus.

Inzwischen ist der Mann lauthals lachend aus dem Schatten des Schuppens getreten. Er stützt eine Hand auf die Motorhaube einer blauen VW-Karosserie, die vergleichsweise, wenn man das bald farblose Blechwrack daneben betrachtet, gut erhalten ist. Nach einem Augenblick zieht der Mann die Hand von dem heißen Blech wieder zurück: Verdammte Biester, das war knapp, gottverdammich. Ein ganzer Wurf streunt ums Haus. Möchte wissen, wo die herkommen. Bei uns hat es nie eines dieser falschen Siamdinger gegeben. Die Leute aus der Stadt denken, daß sie, wenn ihnen so ein Vieh auf die Nerven fällt, bloß ans Ende der Welt fahren müssen, um es dort aus dem Auto zu werfen. Unsereiner muß dann zusehen, wie er die Plage loswird.

Das Geräusch des Motors, der zumeist auf Hochtouren gelaufen ist, hat in Jonas' Kopf ein Summen zurückgelassen, von dem er sich jetzt vergeblich durch ein Kopfschütteln zu befreien versucht. Eine eigenartige Stille drückt in den Ohren. Jonas spannt die Brille über den Helm, gleichzeitig, ohne auf die Äußerungen des Mannes einzugehen, erkundigt er sich, ob es eine Toilette gebe.

Mit einem harten Räuspern säubert der Tankwart seine Stimmbänder. Er spuckt aus und bückt sich nach dem Schraubenschlüssel, der zur Straße hin am Rand der Grasnarbe zu liegen gekommen ist: Wenn man seine eigene Zeitung mitbringt, dahinten. Ich kann Ihnen nur empfehlen, sich den Arsch mit Seite fünf zu wischen. Mir gibt das immer ein gutes Gefühl, diese prallen Mädchen mit Oberweiten zwischen hundert und hundertzwanzig.

Der Tankwart deutet mit dem Schraubenschlüssel zur Ecke, um die sich zuvor die Katze in Sicherheit gebracht hat, zeichnet nebenher andeutungsweise weibliche Rundungen in die schwirrende Luft, die Jonas wie einen Schwindelanfall durchschreitet, wie Grillengezirp in leeren Räumen. Jonas legt den Helm auf einen ausgemusterten Elektroherd, der neben der Toilettentür an der dem bunten Anstrich entgangenen Rückseite des Hauses lehnt. Zwei

Freßnäpfe, einer mit Wasser, der andere mit einem frischen Milchrand, stehen davor auf dem Boden. Jonas schaut sich um. Er weiß selber nicht, ob nach der Katze oder nach dem Unbehagen in seinem Nacken. Alles ist ruhig. Verwildertes Land, zum Dorf hin mit Bäumen. Das Dach eines postgelben Busses gleitet durch die Landschaft, aber so, daß es Jonas vorkommt, als sei es unmöglich, in dem Bus mitzufahren. Er steckt unbeholfen die Hände in die Hosentaschen, für kaum eine Sekunde. Ihm zittern noch immer die Arme vom Fahren. Er schüttelt sich. Tritt dann abrupt in die Toilette, in einen zwei Meter tiefen, mit grünschimmerndem Licht gefüllten Raum, der nach dünstendem Urin riecht. Während hinter ihm die Tür langsam zufällt, hält Jonas auf den einarmigen Wasserhahn an der Innenwand rechts von der Tür zu. Das Metallbecken unter dem Hahn ist von einer Schmutzschicht überzogen. Trotzdem macht sich Jonas die Mühe, den Hahn über dem zerfressenen Gewinde aufzudrehen. Wie erwartet umsonst. Für kaum zwei Sekunden fädelt eine dünne Rostbrühe aus der Leitung.

Zwei Schluck Wasser. Ist das zuviel verlangt?

Ächzend dreht Jonas den Hahn wieder zu. Er schluckt leer. Ärgerlich für ihn, daß er kein Geld eingesteckt hat. Aber vermutlich muß es so sein, daß er immer auf die eine oder andere Art einen Groschen zuwenig hat, vielleicht muß es so sein, damit er am Ende nicht übermütig wird.

Wieder im Freien, bückt sich Jonas nach dem Freßnapf mit dem Wasser und schüttet sich, ohne den Napf mit den Lippen zu berühren, einen Schwall in den Mund. Er spediert das Wasser ein paarmal in der Mundhöhle hin und her, findet aber nicht die Gleichgültigkeit oder Demut, das Wasser zu schlucken. Er spuckt es wieder aus und spuckt noch daran herum, als er zu den Zapfsäulen schlendert, wo der Alte gerade einen Hahn aus dem Tank des Motorrads zieht und ihn abtropfen läßt: Allzuviel paßte nicht rein. Sie sind noch nicht sehr lange unterwegs. Kommen wohl von einer Hochzeit in der Stadt?

Fluchend wischt sich Jonas eine Wasserspur vom Kinn. Er springt zur Maschine und sagt, daß ein Irrtum vorliege, ein Versehen, er brauche keinen Sprit oder habe besser gesagt kein Geld oder eigentlich keines eingesteckt, weil es der Teufel so haben wolle.

– Heiliger Strohsack! Wie soll ich das verstehen? Weshalb stellen Sie Ihr Gefährt ausgerechnet neben die Zapfsäule, wenn Sie nicht tanken wollen?

– Sie müssen entschuldigen, die Gewohnheit. Ich bin mit meinen Gedanken woanders. Ich fühle mich von allen guten Geistern verlassen, als ob sie die ersten waren, die die Hundstagsferien nutzten, sich aus dem Staub zu machen. Meine Braut wollte nicht zurückstehen. Heute in aller Herrgottsfrüh, am Hochzeitstag, ist sie mit einem Cousin zweiten Grades und dem für die Flitterwochen zusammengesparten Geld auf und davon.

– Ist nicht die Möglichkeit! Am großen Tag?

– Durchgebrannt. Ich verstehe es nicht. Und natürlich hat das die Hochzeit zum Platzen gebracht, das liegt auf der Hand. Die Trauzeugin liegt ebenfalls, aber im Krankenhaus, ein Kreislaufkollaps, die Ärmste. Was aber mich betrifft, so glaube ich, daß es ratsam wäre, mich in Gewahrsam zu nehmen, ich wäre fähig, Dinge zu tun, die ich auf dem Totenbett bereue.

Begleitet von einer kundigen Geste zieht der Tankwart einen Lappen aus der rechten Tasche seiner Arbeitshose. Er wischt sich Schweißtropfen ab, die auf seiner Stirn stehen. Er knetet den Lappen einen Moment lang zwischen den Händen, ehe er ihn in verständnislosem Erstaunen zu Boden schmeißt. Kopfschüttelnd steckt er die Hände in die

Hosentaschen. Seine tabakgelb eingefärbten Augen glänzen in dem porösen Gesicht, streichen für einen bekümmerten, irgendwie beleidigten Blick über die Gegend: Ganz im Vertrauen, darüber liegen zwar alte Spinnweben, aber die Liebe meines Lebens hat ebenfalls in letzter Sekunde einen Rückzieher gemacht.

– Genau so wünscht man sich's.

– Sie saß bereits in meinem Passat, dem blauen da. Der Motor lief. Es regnete in Strömen. Von der kurzen Strecke bis zum Wagen waren wir beide klitschnaß. Wir schauten uns an. Da kriegte sie plötzlich Schiß, zerrte ihre Reisetasche aus dem Kofferraum und machte kehrt. Wenig später heiratete sie, wie ihre Verwandtschaft das eingefädelt hatte, einen Installateur, der sie innerhalb von fünf Jahren ins Grab brachte. Meines Wissens hat sie nie meine Bude zu Gesicht bekommen. Die Woche zuvor hatte ich der Fassade einen Anstrich verpaßt.

Auf das letzte Wort hin massiert der Alte bei weit offenem Mund seine eingefallenen Wangen, beschreibt mit einem Krümmen der Brauen sein ganzes tristes Verhältnis zu den Wendungen, die das Leben in diesen Breitengraden beschreibt. Er schüttelt erneut den Kopf, erkundigt sich, ob Jonas den Liter nicht doch bezahlen wolle, schlurft dann, als ihm Jonas erklärt, daß er keinen Groschen dabeihabe, weil verabredet worden sei, daß der Brautvater sämtliche Kosten trage, in den Laden. Von dort kehrt er nach einer Minute zurück, in jeder Hand ein offenes Bier, über der Schulter einen transparenten, fingerdicken Schlauch. Das eine Ende des Schlauchs steckt der Alte in den Tank des Motorrads, das andere reicht er Jonas. Dann trinkt er das eine Bier leer, ohne abzusetzen. Er stellt die leere Flasche auf die Erde. Die volle hebt er ein Stück hoch, die gebe es hinterher.

Während der Tankwart an der schmutziggelben Hauswand lehnt, im Schatten neben einer blauen Öltonne, und sich halblaut über Frauen im allgemeinen äußert, nimmt Jonas widerwillig den Schlauch zwischen die Lippen, dabei das kühle, verheißungsvolle Bier vor Augen, das ihm in puncto Moral, kräftig anzusaugen, den nötigen Rückhalt verschafft. Obwohl absehbar, spritzt ihm der Treibstoff doch plötzlich in den Mund, rinnt ihm die Kehle hinunter. Mit dem Daumen über der Schlauchöffnung dreht sich Jonas prustend ab. Ein schaler, stumpfer Geschmack lähmt ihm die Zunge. Die Kehle streckt sich, biegt sich zum Brechen. Nur mühsam gelingt es Jonas, den Brechreiz knapp unterhalb des Gaumens abzufangen. Dann füllt er die leere Flasche unter Flüchen, läßt, was an Sprit im Schlauch stehengeblieben ist, zurück in den Tank laufen. Seine Schläfen pochen. Und mit der Gier eines Fieberkranken, ohne den Mund auszuspülen, trinkt er das ihm zugedachte Bier. Er trinkt es mit geschlossenen Augen, hinter denen sich ständig die Farbe wechselnde Ringe ausbreiten und wieder zusammenziehen. Er stellt sich vor, mit Ann-Kathrin am Strand zu liegen, zwischen zerzausten Königskerzen. Sand unter den Fingernägeln. Geschrei spielender Kinder. Der Wind schiebt winzige Dünen vor sich her. Ein Tropfen Schweiß folgt Ann-Kathrins Brustrinne. Er, Jonas, leckt den Tropfen auf, bevor dieser im Oberteil des Bikinis verschwinden kann.

Jonas möchte nur noch eins: weiter.

– Ich darf nicht rumtrödeln. Meine Empfehlung an jeden, der vorbeikommt. Unter uns gesagt, Sie hätten den Wetterbericht hören und einen Schirm anschaffen sollen. Sie hätten gut daran getan, Ihrer großen Liebe wenigstens eine Jacke oder eine Zeitung über den Kopf zu halten. Welche Frau brennt schon gerne mit verlaufener Schminke durch?

11 Einige werden glauben, mich zu kennen. Aber es brächte nicht viel, wenn ich erklärte, woher man mich kennen kann. Was heißt überhaupt kennen? Wenn ich sagte, woher man mich kennen kann, erzeugte das nur falsche Vorstellungen, denn trotz einer möglichen Bekanntschaft mit mir weiß man so gut wie nichts über mich, gar nichts weiß man, denn das wenige ist verkehrt, was in meinen Augen allemal rechtfertigt, daß ich mit neuen Lügen beginne.

Meine Mutter ist ein Gangster. Was sonst soll ich sie nennen, daß niemand auf sie herabsieht? Oder anders ausgedrückt: Welcher zweite Beruf verschafft einer Hongkong-Chinesin hierzulande Respekt? Nackte Sängerin? Halbnackte Violinistin? Vielleicht.

Wenn meine Mutter mit dem Lokal, das ihr mein Vater hinterlassen hat, mehr als das Allernötigste verdient und ihre Steuern auf Heller und Pfennig abführt, hat sie sofort die Finanzpolizei im Haus, weil sie der Geldwäscherei verdächtigt wird. Es sei unglaubhaft, daß sich ein Chinarestaurant (Wann war es je ein Chinarestaurant? Mein Vater hat sein Schnapslokal lediglich Zur Goldenen Ente getauft) in einem Dorf wie dem unseren über Wasser halten könne. Einige Jahre übte sich meine Mutter in Geduld. Aber mittlerweile hat sie die Konzession zurückgelegt und betreibt den Laden wie eh und je.

Der Steuer gibt sie an, von der Unterstützung ihrer Kinder zu leben, nichts anderes wird von ihr erwartet, und genaugenommen stimmt das auch, weil die Einkünfte aus der Goldenen Ente in den letzten Jahren für ein halbwegs vernünftiges Leben nicht ausgereicht hätten.

Meine Brüder Vincent und Karl arbeiten an der Küste in wechselnden Berufen. Meistens, wie zur Zeit, weiß ich nicht, in welchen, und vermutlich ist es weniger gelogen, wenn ich meine Brüder *Gangster* nenne anstatt meine Mutter. Andererseits fehlt es den beiden an der nötigen kriminellen Phantasie, weshalb die Wahrscheinlichkeit, daß sie ebenfalls in einem schlechten Job arbeiten, relativ hoch ist. Ich selbst, als jüngstes der Kinder und einzige Tochter, bin das, was man die alleinige Verkörperung des Postwesens im Dorf nennt.

Vor drei Jahren, als die Kirche renoviert worden war, war jener Wohncontainer, dessen Dach eine dem Kran entglittene Palette Ziegel durchschlagen hatte, am Straßenrand zurückgeblieben. Der Gemeindevorstand, mit einer Unterkunft für die langersehnte Poststelle im Argumentationsvorteil, erstritt noch im selben Jahr eine Halbtagsstelle. Daß diese Halbtagsstelle durch mich besetzt wurde, war, wie man sagt, ein Irrtum, eine Verwechslung mit der gleichnamigen Tochter eines Gemeinderats. Es ist einmal ein weitverbreiteter Unsinn, daß es, je kleiner das Nest, um so mehr Leute gleichen Namens gibt.

Ab sieben Uhr in der Früh sitze ich in meinem zusammengeflickten Container und schaue die Post durch, die in einem viel zu großen Sack aus dem fahrenden Auto geworfen worden ist. Manchmal warte ich bis gegen halb acht auf das Raspeln des Sacks, wenn er über den Kirchenvorplatz schlittert, oder, was im Winter vorkommt, stakse mit der Taschenlampe durch den Schnee, um die Arbeit, die mich bis zehn Uhr beschäftigen soll, zu suchen. Bisher ist es mir nie gelungen, meine Arbeit nicht zu finden, und wegen der

Tageszeitungen wird der Morgen, an dem es keine Post gibt, ewig ausbleiben oder so lange, bis der Postwagen gegen einen Baum fährt. Der Baum muß östlich des Dorfes liegen.

Immerhin ist es oft wenig, was in der Früh an den Straßenrand geschmissen wird. Manchmal braucht es keine halbe Stunde, um die vierzehn Zeitungen (so viele Abonnements gibt es im Dorf) und die drei Gewinnversprechungen von Versandhäusern loszuwerden. Bis zehn Uhr, denn um zehn Uhr muß ich den Schalter öffnen, bleibt dann jede Menge Zeit, um in einer der Wochenzeitschriften zu lesen, für die es sich lohnt, die Zustellung um einen Tag zu verzögern.

Zwischen zehn und zwölf verkaufe ich Briefmarken und Kuverts. Einer der Bauern aus der Umgebung kommt mit einem einseitigen Brief an seinen Sohn in Uruguay. Ich fächere vier verschiedene Kuverts vor ihm auf, und solange er auswählt, überfliege ich den Brief, um mich sinnvoll mit ihm unterhalten zu können. Meistens erfahre ich nichts oder Unglücksgeschichten, die mir den Mund verziehen, und alles läuft auf das eine hinaus, was ich auch ohne diese Briefe wüßte: daß es überall besser ist als hier, sogar in Uruguay, wo ebenfalls niemand auf mich wartet. Aber Montevideo klingt wenigstens, als ob man dort glücklich sein müsse. Dagegen in diesem Kaff. Was soll ich sagen? Am besten, daß ich mir hier wie in einem weggeworfenen Ofenrohr vorkomme. Es fehlt, perspektivisch, an allem, sogar an Gesprächsstoff. Und die Leute machen sich den Dreck unter den Nägeln streitig, was nicht einmal übertrieben ist. Aus einem Brief nach Montevideo weiß ich auch, daß das Gerücht kursiert, ich hätte meine Halbtagsstelle durch eine Verwechslung erhalten und daß man an höherer Stelle nur darauf warte, daß ich meinen Container einmal fünf Minuten zu früh zusperre, damit der Irrtum ohne großes Aufsehen behoben werden könne.

Und ich? Wie reagiere ich darauf? Ich beuge meine Seele und lasse mir, seit ich davon weiß, mit dem Zusperren Zeit. Manchmal verkaufe ich noch um fünf nach zwölf die neuesten Sondermarken, was auf den ersten Blick kein Drama sein mag. Aber die Überlandbusse zur Küste, die unmittelbar vor der Kirche und neben meinem Container halten, fahren im Stundentakt, jeweils um vier vor, also auch um vier vor zwölf. Im Sommer ist das ärgerlich, weil ich annähernd eine Stunde verliere, wenn ich mit dem Bus zum Baden will. Deshalb ist *ärgerlich* noch nicht einmal das richtige Wort. In der Freizeit ist jede Minute kostbar. Die Öffnung im Tag, die dem Drachen den Zutritt ins Leben ermöglicht, kann nicht groß genug sein. Also nehme ich meine Tasche schon in der Früh mit aufs Amt und stelle mich um fünf nach zwölf an die Straße in der Hoffnung, daß möglichst bald jemand durchkommt, der sich meiner erbarmt. Meistens laufe ich ans Ende des Dorfes, um von denen, die immer Zeichen geben, bei nächster Gelegenheit abbiegen zu müssen, mit hundertprozentiger Sicherheit zu wissen, daß sie lügen, daß sie auf eine dumme Weise lügen. Denn auch beim Lügen kommt es auf die Inspiration an, auf die Größe der Seele. Und diesen Einfaltspinseln, denen diesbezüglich jegliche Größe abgeht, die im rechten Winkel lügen, indem sie nach rechts deuten, obwohl sie geradeaus fahren, fluche ich hemmungslos hinterher. Denn die Lüge im rechten Winkel ist ein Frevel. Der rechte Winkel repräsentiert den Mittelweg, und der Mittelweg ist nicht nahe genug an der Wahrheit und dabei viel zu weit weg vom Unwahrscheinlichen, von der wiederum unverschämten Lüge, der dicken, der schmerbäuchigen Lüge, die auch ihren besonderen Reiz und ihre Überzeugungskraft hat.

All dies berücksichtigend, finde ich, daß es schlechte Menschen sind, die mit Lügen leichtfertig umgehen. Denn was wäre die Welt ohne gekonnte Lügen? Nicht zuletzt deshalb ist mir das Fluchen, das ich den Rechtwinkellügnern hinterherschicke, eine Verpflichtung des Herzens. Jeder Atemzug in diesen Augenblicken ist gesund und das Warten auf einen Wagen, der stehenbleibt, vergleichbar mit einer halben Stunde Singen. Mir kommt es jedenfalls so vor, egal, ob der Vergleich zutrifft oder nicht.

12 Ohne eine Antwort des Tankwarts abzuwarten, hüllt sich Jonas wieder in die Geräuschwolke des Motors und erreicht nach einer Viertelumdrehung des letzten Rads am Kilometerzähler eines der Straßendörfer, die für die Gegend typisch sind. Vor den prinzipiell offenen Türen der relieflosen Häuser sitzen Männer auf Klappsesseln, vorwiegend ältere Männer, die im Vorbeifahren allesamt gleich aussehen, schlank, doch niemals dünn, mit schweigenden Gesichtern, wie Lino Ventura am Ende jeden Films. Mit weißen Taschentüchern wischen sie sich die Langeweile von der Stirn und warten weiter auf irgendwas, das kommt oder nicht, Fahrzeuge, die pro Stunde an den Fingern abzuzählen sind und denen sie in einer Mischung aus Gleichgültigkeit und Interesse entgegensehen.

Hinterhersehen.

Das Motorengeräusch verstummt.

Dann ist die Hitze wieder ungestört.

Jonas passiert das Schild am Ortsende. Hundert oder zweihundert Meter dahinter stellt sich ihm jemand in den Weg. In der Flüchtigkeit des Moments nimmt er kaum mehr als einen Schatten wahr. Diesen Schatten registriert er zu spät, ganz in Gedanken um Ann-Kathrin, die er mit Winkelzügen vor sich selbst zu erreichen versucht. Und die Geschwindigkeit liefert ihm ein Alibi für jede Unstimmigkeit, weil die rasende Motorik auch die sperrigsten Gedanken geschmeidig macht. Die Eindrücke umschlingen sich, gehen ineinander, eins schaut aus dem anderen heraus, und alles gilt gleich viel. In der Erinnerung ist das Rot auf der Plane eines Lkws womöglich nicht das Rot auf der Plane eines Lkws, sondern das Rot eines Kleids an einer Wäscheleine. Vielleicht war auf der Plane ein Kleid abgebildet. Wer weiß? Möglich wär's. Jonas hat nicht darauf geachtet. Er achtet überhaupt zuwenig auf die Dinge ringsum. Er jongliert statt dessen mit Erklärungen für Anns Verhalten, das so gar nicht zu ihr passen will, findet den Grund für ihre Fahrt ans Meer in dem Bild, dem falschen Bild, das alle anderen für alles eher halten, dem Ira Constantin nachstellt, bei Caspar Zelzer, der ihm seit Anfang an auf der Schleppe steht mit seinen Absichten bei Ann. Trotz alledem weiß Jonas, nachdem der Nervenreiz in seinem Kopf wie Popcorn in der heißen Pfanne gesprungen ist, auf zufälligen Bahnen, daß diese Bahnen, würden sie mit Bindfaden nachgezogen, ein dichtes Netz ergäben, in dem all die glücklichen Momente der vergangenen drei Jahre zappeln und zwischen bereits ausgeglühten Hoffnungsschimmerchen verenden.

Nach fünfzig Metern kommt das Gespann quer zur Straße zu stehen. Ähnlich wie die Geschichte Tempo zurückgenommen hat, zog Jonas beide Bremsen, aber unkontrolliert. Gleichzeitig riß er den Lenker herum. Das Hinterrad kam ins Schlingern. Rechter Hand flog ein weißes Haus auf einem Hügel vorbei, das genausogut eine auf einem Buckelwal thronende Möwe hätte sein können.

Oder macht das einen gravierenden Unterschied?

Der Motor läuft noch.

Jonas nimmt die Hände vom Lenker. Er zieht sich den Helm vom Kopf. Von der Sonne hat er blinde Flecken in den Augen. Unscharf erkennt er ein Mädchen, das sich aus dem Bankett rappelt. Sie läuft zu ihm herüber, indem sie im Laufen den Staub von ihren Kleidern klopft. Sie greift nach dem

Geigenkoffer. Sie hat den einen Fuß bereits im Sozius, als sie eine Bemerkung riskiert: Reife Leistung. Alle Achtung. Da hat nicht viel gefehlt. Du solltest mehr auf die Straße schauen.

Sie zwinkert, ihre Erleichterung überspielend, mit heiler Haut davongekommen zu sein. Auch Jonas zieht eine Grimasse, eine, die für diese Gelegenheit maßgeschneidert ist. Er schreit: Verdammt, dir gehört der Arsch voll!

Aber das Mädchen, ohne sich um sein Fluchen zu kümmern oder auch nur in die mindeste Verlegenheit zu geraten, jedenfalls tut sie so, als ob alles ein Klacks, ein Spiel sei, eine willkommene Abwechslung, klettert auch mit dem zweiten Fuß ins Boot: Ist noch mal gutgegangen. Was soll's?

– Ist noch mal gutgegangen, äfft Jonas, den ein Frösteln überkommt bei der Vorstellung, neben der Straße im Feld zu liegen, den schweren Hintern der Ewigkeit auf der Brust. Seine Schultern zittern. Alles um ihn herum zittert. Die Straße, das Feld, der Himmel, dieses Mädchen, sie flimmert, ganz recht, in greller Mehrdeutigkeit, ein übermütiges oder notorisches oder demonstratives oder tarnschichtiges Geflimmer aus guter Laune. Sie sagt: Stierkämpfer haben sieben Leben. Aber du bist wohl Musiker.

Doch Jonas ist nicht zum Spaßen: Runter von der Maschine, ruckzuck.

– Sag bloß, du willst Benzin sparen. Und wenn du's eilig hast, fahr los. Na, fahr schon. Ich will auch zu der Hochzeit. Ich liebe Hochzeiten mit Violinmusik. It's a nice day for a white wedding.

Die beiden schauen einander an, Mutmaßungen, kleine Funken Neugier, Phantasien springen von Auge zu Auge, eine erregte Stille erzeugend, einen Moment der Nachgiebigkeit, den das Mädchen nach einer abwartenden Sekunde zu nutzen versucht. Halb singend, halb trällernd wiederholt sie die Textzeile, der sie die Bresche in Jonas' Widerstreben zu verdanken glaubt, und geht in ihrer Hose aus imitiertem Schlangenleder in die Knie. Sie zwängt sich umständlich in die Zigarre, mit Augen lächelnd, die in fünf Sekunden nicht ein einziges Mal blinzeln, voilà, da bin ich, ich habe nichts zu verbergen. Sie blinzelt, endlich, doch, pling! macht die Portierglocke. Aber: Wir bedauern, alles belegt, kein Zimmer frei. Herzkrämpfe bevölkern die Räume dieses Tages. Jonas warnt das Mädchen, ruppig, ohne eigentlich das Mädchen zu meinen, wenn sie nicht augenblicklich aussteige, werde er beim nächsten ungeteerten Seitenweg abfahren. Sie wiederum, unbeeindruckt, scheinbar resigniert, das gehe immer so, nämlich folgendermaßen, schöne Augenblicke nähmen sie irgendwohin mit, und anstatt sie unter Palmen abzusetzen, werde ein unwirtlicher Ort zum Schauplatz gekürt und ihrer Ehre Schande angetan.

Jonas: Du meinst doch hoffentlich nicht immer, wenn du immer sagst.

– Leider, ja.

– Dann geh besser zu Fuß.

– Was würde das ändern? fragt sie, fragt es zu Recht. Und weiter: Der Puls kann ruhig flattern, bei hundert bis hundertzwanzig.

– Hundertfünfzig, droht er ... Schließ in Gottes Namen das Verdeck, vielleicht gelingt es mir, dich zu vergessen, wenn ich dich nicht sehen muß.

Nachdem Jonas das Verdeck hochgezogen hat, tuckert er los. Allmählich beschleunigend, bringt er den Motor auf Touren mit dem Effekt, daß der Fahrtwind das nicht eingerastete Verdeck zur Hälfte zurückdrückt. Den Rest besorgt das Mädchen. Hinterher rumort sie im Sozius herum, um eine Haube mit Klarsichteinsatz für die Augen mit den Füßen in Griffweite zu befördern.

– Noemi, sagt sie auf Jonas' mißbilligenden Blick, sag Noemi zu mir … Sehr angenehm, Herr Molcho … Wenn du wüßtest, Samy, ich habe bereits an die dreißig Typen mit ganz tollen Schlitten, die vor meinen Fußspitzen gestrandet sind, mit einem Kopfschütteln in die Wüste geschickt, weil mir ihre Nasen nicht gefallen haben. Du verstehst doch, was ich sagen will?

– Ist ein schwarzes Cabrio durchgekommen?

– Eins mit weißem Interieur und einer Schnapszahl am Nummernschild?

– Zwei-zwei-zwei, sagt Jonas, die Geschwindigkeit weiter drosselnd, um nicht gegen das Motorengeräusch und den Fahrtwind anschreien zu müssen.

– Ist vor einer Viertelstunde durchs Dorf gebrettert und hat die Hühner aufgescheucht, daß das Gegacker bis zu meinem Wegstein zu hören war. Die Frau im Gemüselaster, der mich bis zu dem Wegstein kutschiert hat, an dem du mich beinahe überfahren hättest, redete so lange auf ihren Mann ein, bis er mit einem Zwinkern die Bedingung stellte, ich müsse mein Fahrziel nennen, um seine Frau davon zu überzeugen, daß ich keine Herumtreiberin sei. Und ich: Der Wegstein neunundneunzig. Neunundneunzig ist meine Glückszahl … Die beiden haben mich glatt neben einem Acker ausgesetzt.

– Das nächste Dorf war ganz in der Nähe.

– Sonst noch was. In so einer Gegend halten mich keine zehn Pferde. Auf der letzten Bank vom Stadtbus ist mehr los als in diesen Drecknestern. Hier wurde an allen Ecken und Enden gespart. Vermutlich gibt es nicht einmal Ecken und Enden.

– Also für die klare Linie zumindest einen Stern.

– Meinetwegen. Ich bevorzuge trotzdem Leuchtreklamen. Dagegen diese Abgeschiedenheit, die macht mir angst. Davon kriege ich Herzklopfen. So ein kaltes, meine ich.

– Zwischen hundert und hundertzwanzig?

– Hundertfünfzig.

– Und das Cabrio?

– Ist mit seiner Dreiklanghupe an mir vorbei. Eine seltsame Besatzung. Bekannte von dir? Finsterer Mann, finstere Frau, wegen der Sonnenbrillen, meine ich. Na ja, ich glaube, mit den Sonnenbrillen hat das jedenfalls zu tun. Die beiden sehen aus, als würden sie wortlos mit abgespreizten kleinen Fingern Kaffee trinken, ohne Milch, ohne Zucker, schwarzen Kaffee. Ich möchte niemandem zu nahe treten, auch kein Zartgefühl verletzen, du entschuldigst mich notfalls, aber normalerweise verraten sich die Leute am Auto. Deshalb bin ich dir vorhin in die Straße gesprungen. Weil mir dein Motorrad gefällt. Es hat einen wunderbaren Klang. Du bist echt zu beneiden.

– Bin ich das?

– Ich denke doch.

– Aber es gehört mir nicht.

– Egal, du fährst es.

– Weil ich es geklaut habe.

– Mach keine Witze! Du lügst! Ich sehe es, deine Nase wächst.

– So kann man sich täuschen. Die Maschine habe ich einem Hochzeitspaar von der Kirchentreppe weggeklaut. Das gehört sich nicht, ist mir klar. Ich könnte es ganz gut verstehen, wenn du jetzt aussteigen willst.

– Sehe ich so aus? Schau mich an! Ich mag den Geruch angesengter Haare. Das heißt, der Drache ist in der Nähe. Sein Feuer, was es trifft, groß oder klein, trifft es gründlich.

13 Vielleicht wäre Jonas, als er an der Tankstelle das Bier leerte, doch besser beraten gewesen, zunächst den Mund auszuspülen. Mittlerweile stößt er alle paar Minuten auf, Benzin, das sich in seinem Magen verflüchtigt.

Was, wenn er diesen übelriechenden Dampf gegen ein brennendes Streichholz bläst? Besteht dann die dringende Gefahr, daß es zu einer Explosion kommt? Besteht dann die Möglichkeit, daß Jonas den Weltenbrand auslöst?

Jonas wird eine Zigarette rauchen, und er wird sich der Gefahr, die er dabei läuft (laufen weiterlaufen), bewußt sein.

Hinter dem nächsten Dorf schlägt an einer Bahnschranke die Pilzglocke, und knapp vor dem Gespann fällt der Schlagbaum in die Gabel. Noch vor einer Stunde hätte Jonas den Schranken für den Rand der Welt gehalten und umgedreht. Hauptsache, irgendwo angestoßen. Den Mut verloren. Zur Vernunft gekommen.

Aber wer will anstoßen? Zur Vernunft kommen? Umdrehen?

Ein Stillhalten. Atemhalten. Das Atemholen auf der Flucht. Ein flüchtiges Aufstoßen, leeres Schlucken, Lippenschlecken, und warten ... ruhig warten. Denn mittlerweile ist Jonas in einem Stadium angelangt, in dem er glaubt, daß sich sein Körper weiterbewegt, daß der Schwung, in den ihn die Ereignisse geworfen haben, ausreicht, die Momente auf Stunden im Umkreis nachlaufen zu lassen, die schnurrenden Kugellager unzählbarer Nervenzellen.

Er stellt den Motor ab.

Sogleich beginnt Noemi wieder im Beiboot zu zappeln. Sie blinzelt dösig, streckt die Arme seitlich abgewinkelt nach hinten. Sie fühlt sich sichtlich wohl. Na ja, nicht unwohl jedenfalls. Es gibt halt ein paar Folien der Unschärfe, durch die sie blicken muß, wenn sie auf diesen Musiker oder Dieb oder Bräutigam oder Verrückten schaut. Ob dem zu trauen ist? Ist mir zu trauen? Nicht notwendigerweise. Sie lächelt, gähnt sehr unverfänglich, fährt sich mit dem Zeigefinger unter den Helm, kratzt sich hinterm Ohr.

– Ich sag's dir, ich bin noch immer ganz betäubt von dieser unsäglichen Hitze an meinem Wegstein. Die Leute auf der Schokoladenseite werden demnächst klebrige Finger bekommen. Die Sonne ist nicht ganz bei Trost, dieses basedowsche Kuhauge, jeden Sommer will sie den vorjährigen Rekord aufs neue brechen, und unsere Erde schwingt sieben Tage die Woche den Rock rundherum. Na ja, was soll's, mir kann's egal sein. Ich mag es, wenn es heiß ist. Mir kann es nicht heiß genug sein.

Während Noemi redet, weiß der Himmel, wofür ihr Vortrag stehen soll, streift Jonas die Slips von den Händen. Er wischt mit den Slips den Schweiß von der Stirn, der längst unter die Gummirahmung der Brille gedrungen ist und dessen Salz in den Augen brennt. Die von der Bahnschranke aufgezwungene Pause kommt ihm gelegen. Er nutzt sie dankbar für die schon erwähnte, am Sattel abgeklopfte Zigarette.

Und das drohende Unglück bleibt aus, geht an ihm vorbei, wie man an Bettlern vorbeigeht.

So ist es angenehm, mit alten Verbündeten zusammenzusein. Jonas kommt es vor, als würde sich die Zigarette mit ihm unterhalten: He, alter Junge, mach dir keine Sorgen, wir schaffen's garantiert bis zum Filter.

– Ich an deiner Stelle würde das Verdeck hochziehen, rät er Noemi, der Rinnsale von Schweiß über die Wangen laufen. Sie zieht die Lederhaube vom Kopf. Sie richtet sich mit allen Fingern die zerquetschte Frisur.

– Bei der Gelegenheit kann ich meinen Teint aufbessern.

– Du hast doch so und so leidlich Farbe.

Noemi, mit einer Miene des Triumphs: Wo's mir gerade einfällt, du kannst mir gratulieren, ich habe heute früh gekündigt.

– Du wärst am Abend befördert worden.

– Da vertust du dich, Maestro. Meiner Bequemlichkeit zuliebe habe ich mir eingebildet, über die Ferien am billigsten wegzukommen, wenn ich mein Aussehen für mich arbeiten lasse. Einer meiner Onkel macht mit einem Rummelplatz Millionen. Und bis gestern war ich eines der Mädchen, die auf einer Schaukel über einem Wasserbassin hocken, in das sie fallen, wenn ein schmieriger Chauvi die Zielscheibe trifft.

– Es muß wunderbar gewesen sein.

– Sie haben das Wasser seit einer Woche nicht mehr gewechselt. Jeder, der vorbeikommt, spuckt hinein.

– Ich gebe zu, sagt Jonas, das eröffnet der prekären Wassersituation in diesem Land eine neue und unvermutet tragische Seite.

Die beiden lachen, Noemi ausgelassen, Jonas verhalten, zwischen den Schulterblättern Zweifel ortend, welcher Kategorie Wirklichkeit die Erzählungen des Mädchens zuzuzählen sind. Einen Moment lang runzelt er die Stirn, schüttelt aber gleichzeitig den Kopf, unwillig, sich ernsthafte Gedanken zu machen. Egal. Er wendet Noemi den Rücken zu. Er entfernt sich von der Maschine, vertritt sich die Beine, schüttelt ein paar Muskeln aus. Er raucht. Er betrachtet seinen linken Handrücken, an dem er eine wenn auch nicht allzu deutliche Musterung erkennen will, eine Brandmarkung von den Durchbrüchen des Blumenmusters an der Vorderseite des Slips. Ein Stigma aus Slipblumen. Er kann es nicht fassen. Er denkt an die Margeriten zu Hause und bekommt so ein Brennen im Gehirn, so ein Schmerzen unter der Haut.

Und weil er vergißt, die Asche abzutippen, fällt sie von selbst.

Dann kommt der Zug, gemächlich, wird zusehends größer, der Gegenstand gewordene Traum vom Tag X, irgendwann nur mit dem Allernötigsten oder gleich ohne Gepäck, unbeschwert, also mit nichts als Erleichterung im Herz, auf ein Trittbrett zu klettern, um nie mehr zurückzukehren. Ein Güterzug mit gut dreißig Waggons in verwaschenen, wechselnden Farben, wie bei den Kleidern von Mädchen einer abgetakelten Tanzgruppe. Der Zug pfeift einmal kurz, ehe sich die Schranke hebt, und bummelt bedächtig mit allerhöchstens sechzig Kilometern pro Stunde davon, ohne Alternative, links oder rechts, schnurgerade inmitten der großen Verwirrung aus Wünschen und Sehnsüchten, aus Ursache und Wirkung – genau.

Noemi spannt einen der Slips zwischen den Fingern: Nice day for a white wedding. Und dann die Hochzeitsnacht. Das einzige, wofür es sich zu heiraten lohnt. Und Flitterwochen in Sankt Petersburg. Wohin würdest du in die Flitterwochen fahren wollen? Oder wir? Ich meine, wenn du und ich das Hochzeitspaar wären, nicht das falsche, das wir sind, das richtige, dem du, stimmt es wirklich, Samy? sag mal, stimmt es wirklich? schwörst du das, daß du denen den schönsten Tag verdorben hast? ... Venedig? Wien? Arles?

– Grönland oder Feröer. Was weiß ich. Sibirien. Jonas tritt die Zigarette aus und kickt den Motor an. Er überquert tuckernd das Gleis: Im Moment habe ich anderes im Kopf. In dem Cabrio sitzt ... ich weiß nicht, wie ich sagen soll ... ohne ein Wort ist sie auf und davon.

– Einfach so?

– Natürlich nicht, Blödsinn. Niemand geht einfach so wie im Film, wenn der vorbildliche Familienvater vom Zigarettenholen nicht zurückkehrt. Sie wird ihre Gründe haben. Wir haben alle unsere Gründe. Trotzdem habe ich geglaubt, wir seien glücklich, niemand könne je imstande sein, uns auseinanderzubringen. Der Gedanke, daß sie weggeht, ist mir nie gekommen. Nicht einmal einen Gartenzaun habe ich gegen die Springflut gebaut. Jetzt, wo's zu spät ist, fahre ich hinter ihr her, weil ich finde, es nach drei Jahren verdient zu haben, daß sie mir ins Gesicht sagt, was ich weiß, was leicht zu wissen ist, und weil ich auch meine, es verdient zu haben, daß sie mich an einem Punkt zurückläßt, dessen Koordinaten ich kenne: Hier stehe ich. Dort sie. Was nun? Welche Richtung?

Noemi schaut geradewegs auf das Ende der Straße. Sie spürt, daß die Fugen von dem, was sie soeben gesagt bekommen hat, ziemlich dicht sind. Sie schweigt. Gewisse Dinge reden für sich selber. Jonas lehnt es auch ab, aus seinem privaten Pech ein Drama zu machen, an dem andere glauben mitleiden zu müssen. Und so ist alles okay, vier, fünf Kilometer lang, bis das Beiboot wieder unruhig zu schaukeln beginnt. Jonas merkt es an der Unruhe des Vorderrads. Er schaut seitwärts, wo Noemi mit dem Geigenkoffer hantiert, Grimassen zieht. Sie lehnt sich nach rechts, nach links, tut grad so, als ob sie Ameisen im Familienwappen habe, rückt endlich mit der Sprache heraus: daß sie pinkeln muß.

Jonas behält die Geschwindigkeit bei. Er richtet seinen Blick nach der Straße aus. Ganz im Westen sind Föhnwolken, wie Bremsspuren am Himmel, so, als hätte etwas aufgehört, sich zu bewegen. Ein Laufendes, das stehengebliebenen ist.

– Ich muß mal. He, ich muß mal! Ich mache mir in die Hose.

Und er, unwirsch, weil sie redet, wie Ann-Kathrin nie redet, geredet hat, hätte: Verdammt, ist dir das nicht früher eingefallen, vor fünf Minuten zum Beispiel? (Nein.) Und bist du sicher, daß du es nicht bis zum nächsten Kaff zurückhalten kannst? (Ja.) Siehst du hier irgendwo einen Baum oder etwas, das annähernd so aussieht wie ein Baum? Willst du zuletzt bis zu den Sträuchern bei der Holzbaracke rennen? Das sind gut und gerne dreihundert Meter.

Sie lacht, verkniffen, schimpft, fleht: Fahr inzwischen um den Block. Na los, halt an. Bitte. Ich bitte dich.

In einem Anflug von Milde und Güte stoppt Jonas. Ein ausgebrannter Fiat liegt neben der Straße. Vogelgezwitscher tönt aus seiner Richtung. Dann, als sich Noemi dem Wagen nähert, fliegen zwei Dutzend Bluthänflinge aus den klaffenden Fensteröffnungen, sammeln sich, noch während sie Abstand gewinnen, und drehen sich in einer flächigen Formation spielerisch über der Ebene, über der Straße, immer in etwa demselben Abstand zu dem Wrack. Noemi geht in dessen Blickschatten in die Knie. Jonas beobachtet den Rauch der Zigarette, die ihm Noemi zuvor abgeschwatzt hat. In kleinen, pathetischen Wolken steigt er über dem verkohlten Skelett auf, in Wüsteneien vage Rauchzeichen vom Feuer unterm Hintern, vom Feuer, das man fängt, mit dem man spielt, vom Feuer der Jugend, der Lende, des Lebens, von der Sünde, der Seele, die sich verflüchtigen – wie alles. Jonas erinnert sich, daß Ann-Kathrin die Zigaretten geholt hat, vorgestern abend, kurz vor Beginn der Vorstellung. Jetzt sind noch zwei Stück drin, zwei armselige Zigaretten.

Die Bluthänflinge fliegen weiterhin ihre Raumschnitte, bilden Luftskulpturen, traumwandlerisch. Ein Sattelschlepper mit einer nackten Galionsfigur am Kühler donnert vorbei, schon im Vorbeifahren eine Erinnerung, flüchtig, Spuren verwischend, ein ins Durcheinander der Zeit schlüpfendes Hasenherz. Während der aufgewirbelte Staub über der Straße ausblüht, setzt das Zischen ein, endlich, das Plätschern, das die Erinnerung auslöscht. Ein schönes Geräusch. Jonas macht sich keine Gedanken, woher es kommt. Es ist ein kühler Regen in seinem ausgebrannten Kopf, der Fluß nie zurückkehrender Gedanken, die im rissigen Gelände versiegen, als wären sie nie gewesen.

Noch ehe Noemi fertig ist, steigt ihr von dem Staub und der Sonne ein Niesen in die Nase. Sie kämpft verbissen dagegen an, kann es letztlich aber nicht zurückhalten.

– Verdammt, schreit sie, und ihr Scheitel taucht, indem sie niest, für einen Augenblick in der vorderen Fensteröffnung auf: Auch das noch!

– Jetzt hast du zwanzig Jahre Zeit gehabt zu üben und pinkelst dir beim geringsten Anlaß an den Schuh.

Sie würde nie einen Mann heiraten, der Gitanes raucht, verrät sie ihm, als sie wieder ins Beiboot klettert.

– Oder doch?

– Vielleicht.

14

Caspar.
Wenn nur der Rückruf von Frau Constantin endlich käme. Im Auto, bei einer Geschwindigkeit von hundert oder mehr, nimmt man alles um die Hälfte leichter. Fünf Sekunden nachdem man mit achtzig eine strenge Rechtskurve genommen hat, stimmt eine Frau jedem Leichtsinn zu. Doch kaum hat man den Wagen gestoppt, vom Lenkrad abgelassen, das immerhin etwas war, woran man sich halten konnte, und schließlich, kaum sitzt man beim Mittagessen, egal, wie schonend die Kost ist, die man wegen der Hitze gewählt hat, bekommt alles ein realeres Gewicht. Die festen Vorsätze, die klaren Ziele werden mit einmal brüchig, trüb, und ehe man sich versieht, hat man Boden unter den Füßen. Der Boden unter den Füßen ist die Voraussetzung, daß der eine links geht und der andere rechts.

Wenigstens hat Ann-Kathrin zugestimmt, das Bild noch heute zu verkaufen. Wer weiß, was herauskommt, wenn man eine Expertise erstellen läßt. Bei einem Bild, dessen Herkunft nicht recht stichhaltig zu machen ist, muß man doppelt froh sein, wenn man jemanden wie Ira Constantin zur Hand hat, der keine Fragen stellt und das Risiko auf seiner Seite akzeptiert. Eine solche Gelegenheit bietet sich nicht jedem. Und da Ann-Kathrin und Jonas einander ständig verfehlen, werden sie sich demnächst über Geld unterhalten müssen. Über ordinäres Geld. Ich bin mir sicher, daß Geld in dem Fall nichts zählt. Lieber Gott, hätte ich bloß den Mühlstein zurück.

Noemi.

Es ist immer dasselbe. Wenn es darauf ankommt, verlieren die Jungs den Kopf. Darin sind sich alle gleich. Auch Samy verhilft dieser Regel nicht zur ehrenden Ausnahme. Ein seltsamer Kauz. Er läuft und läuft, läuft, wie es am dümmsten ist, ohne Vorstellung, wohin. He, Samy, halt an, hast du's nicht gesehen, vor dem Café, dahinten, das schwarze Cabrio! Und er, plötzlich viel betroffener als eben noch, mit einem Gesichtsausdruck, wie wenn das Herz über einem Schlagloch stockt: Du meine Scheiße. Bist du sicher? Was soll ich tun? Wohin wolltest du noch mal? Ans Meer? Eine gute Idee. Erledigen wir zuerst das Meer.

Jetzt auf einmal! Vorhin wolltest du es eilig haben. So geht's nun auch wieder nicht. Park deine Maschine da vorne im Schatten. Ich nehme derweil das Café unter die Lupe. Wie sieht sie aus, deine Ann? Brombeerfarbenes Kleid mit quadratischem Ausschnitt. Blond. War frisch beim Friseur.

Und eins noch, was von nicht geringem Interesse ist: Das Kleid habe er, Samy, für sie ausgesucht. Um durchzubrennen, hätte sie ein anderes Kleid anziehen sollen, sagen wir, aus Pietät.

Aber vielleicht brennt sie gar nicht durch, und Samy ist ein großer Lügner. Das wär noch was. Er ist ein Polizist. Ein gedungener Mörder, das Gewehr im Geigenkasten. Ein betrogener Komplize. Ein verwaistes Mitglied der anarchistischen Internationalen. Er folgt den beiden, um ihrem Leben eine unerwartete Wendung zu geben.

Der Hintere ist immer der Schlechte.

Der Schlechte ist immer der im schwarzen Wagen.

Wen soll ich warnen? Andererseits, was geht es mich an? Wenn geschossen wird, laufe ich davon. Lächerlich. Es wird nicht geschossen. Alles ist ganz harmlos. Soweit etwas harmlos sein kann. Samy ist ein netter Kerl. Das Wasser in seinen Augen ist echt. Wie erfrischend! Platsch! Platsch!

Caspar.

Ich frage mich, weshalb ich ein schlechtes Gewissen habe, dieses ständige Bedürfnis, links und rechts zu schauen. Wenn man verliebt ist, ist man immer im Recht. Man kann die Dinge moralisch abklopfen, sie in allerlei Vorbehalten drehen und wenden, unterm Strich ist man immer sich selbst der Nächste.

Es gibt ein unsinniges Kinderspiel, bei dem sich jedes Kind einen Baum wählt, außer dem einen Kind, das einen Baum ergattern muß, wenn die anderen Kinder ihre Bäume untereinander wechseln. Kommt das Kind, das auf sich gestellt ist, zu spät, weil eines der anderen Kinder mit der Hand schneller an dem Baum war, nach dem das Kind greifen wollte, muß das Kind in die Mitte zurück und weiter zusehen, wie die anderen Kinder ihre Bäume umarmen.

Ein sagenhaft dummes Spiel, bedenkt man, daß es allgemein heißt, Kinder müßten sich im Spiel dem Ernst des Lebens nähern. Später stößt einer den anderen weg, und niemand käme auf die Idee zu sagen, daß das die Regeln verletze.

– Caspar, der Kellner winkt dich zum Telefon.

– Doch sicher nicht mich. Das Bild gehört dir.

– Bitte, Caspar, du kennst diese Frau. Außerdem bist du in geschäftlichen Dingen zu Hause und daran gewöhnt, dich nur am Wochenende zum Christentum zu bekennen. Du mußt einsehen, für mich lohnt es sich nicht, mir einen Platz im Fegefeuer der Händler und Kaufleute allein wegen eines Mädchenportraits zu sichern.

Noemi.

Schade, daß er den Apparat an den Tisch verlangt. Vielleicht sollte ich mir eine Zeitung holen, mich die längste Zeit nicht entscheiden können, welches Blatt meiner momentanen Stimmung angemessen ist. Frauenzeitschriften sind immer unauffällig. Aber Asiatinnen sehen aus wie Agenten oder wie ich mir vorstelle, daß weibliche Agenten aussehen.

Übrigens sonderbar, wie viele Leute eine spezielle Telefonstimme parat haben? Kaum nehmen sie den Hörer ab, ist ihr Tonfall wie ausgewechselt. In diesem speziellen Fall lehnt sich der Mann zurück, streckt die Beine aus und wird mit um die Hälfte kräftigerer Stimme betont freundlich: Die Sache geht in Ordnung. Die einzige Bedingung, die wir stellen, ist, daß nichts offiziell gemacht wird. Wie immer, die Steuer. Doch, sehr gut, ich schließe mich Ihnen an. Aber sicher, sie ist einverstanden. Auch das hat sich erledigt. Er hat nichts damit am Hut. Nein, bestimmt nicht, glauben Sie ihm kein Wort. Er denkt sich alles aus. Hauptsache, er bringt Sie aus dem Tritt. Ganz wie Sie wollen. Meinen Sie wirklich? Im Strandbad unter all den Leuten? Sie haben recht, es wird aussehen wie ein Liegestuhl. Von mir aus. Reservieren Sie die Kabine auf meinen Namen. Doch, in einer Stunde schaffen wir es.

Mit der Frau redet der Mann wieder normal. Er hält sie zum Aufessen an, fragt dann, ob's ihr nicht schmeckt oder zuviel ist. Er ist nervös. Man kann ihm gar nicht bei allem zuschauen. Überall bewegt sich etwas. Ich weiß nicht, warum, und ich weiß auch nicht, wohin ich schauen soll und wo ich etwas versäumen kann.

Worauf soll ich achten? Auf den Tonfall, in dem er spricht? Oder auf die Art, wie er der Frau im Strich übers

Haar fährt? Sowenig dazu: Wenn alte Zöpfe fallen, ist das ein radikaler Schnitt. Samy weiß es. Daß sich sein Mädchen die Haare hat schneiden lassen, beunruhigt ihn, glaube ich, mehr als alles andere und mehr, als er sich anmerken läßt. Zumindest läßt die Art, in der er darüber spricht oder die Art, beim Sprechen verlegen ins Nichts zu schauen, darauf schließen, daß es so ist. Immerhin, sie mag es nicht, wenn ihr der Mann im Strich übers Haar fährt. Träge, als hätte sich ein Insekt in ihrem Haar verfangen, schüttelt sie den Kopf.

Vielleicht sollte ich besser auf ihren Tonfall achten. Als reiste sie für jedes Wort vom anderen Ende der Welt an und tue es aus purer Gefälligkeit, wofür sie die gebührende Anerkennung erwarte.

Caspar.

Der letzte Schluck. Ich kann ihn halbieren oder das Glas unverhofft wieder absetzen, damit Ann-Kathrin nicht das Gefühl bekommt, wir müßten im nächsten Moment weiter. Tatsächlich wäre es an der Zeit aufzubrechen. Aber ich will es nicht schon wieder sagen. Ihr Glas ist noch mehr als halbvoll. Am liebsten würde ich danach greifen, es in einem hinunterstürzen oder ihr sagen, daß sie es stehenlassen soll. Schon seltsam, wie langsam sie in allem agiert. Andererseits ist es wieder gut, wenn Frauen, sosehr sie Kopfsprünge bei anderen lieben, selber keine Kopfsprünge machen. Und Ann-Kathrin gehört mit Sicherheit nicht zu der Sorte Frau, bei der Überraschungen dieser Art zu befürchten sind.

Egal, wie oft die Sommer wiederkehren, sie wird Sandstrände bevorzugen und Stufen, die ins Wasser führen, die Stufen weniger als die Sandstrände, weil die Stufen von Algen überwachsen sind. Sie wird das Wasser lieben, weil das Wasser sie hofiert, und deshalb wird sie ihr Haar wieder wachsen lassen, wenn auch das Gras wieder gewachsen ist, der Strandhafer, vielleicht nicht in diesem, aber im nächsten Jahr. Dann, nach einer Woche am Meer, wenn die Woche ganz plötzlich vorbeigegangen ist, wird sie beschließen, sie wird es nicht beschließen, sie wird den Friseur einige Zeit vor sich herschieben und erst dann beschließen, sich das Haar wieder wachsen zu lassen, ganz plötzlich, wird sie denken, spontan. Aber in Wirklichkeit wird der Entschluß nicht spontan gewesen sein, sondern eine Bestätigung von etwas, woran kein Zweifel mehr bestand. Plötzlich wird sie nicht mehr an den Moment denken, als die Schere ins volle griff, als der Rücken der Schere die Wölbung ihres Nackens entlangfuhr, als sie für einen Augenblick die unbestimmte Angst verspürte, etwas Falsches zu tun, etwas Unwiderrufliches aus einem fragwürdigen Antrieb heraus. Denn natürlich springt sie über ihren eigenen Schatten, falsch, sie schreitet darüber hinweg, ohne zu wissen, daß sie in Wirklichkeit einen anderen Schatten meint, den Schatten des Rauchenden Mädchens oder den Schatten, den ihr Jonas vor die Füße wirft.

Wie kann man einen fremden Schatten für den eigenen halten, wird sie sich im Sommer in drei Jahren fragen, am Meer, das Haar noch naß und längst wieder auf bestem Weg den Rücken hinunter. Sie wird den Kopf schütteln, ganz nahe an einem Lachen, und dieses verborgene Lachen wird mir gehören.

Noemi.

Möchte wissen, wie Samy sich das vorstellt. Wenn stimmt, was er sagt, daß die Frau bis gestern in seinem Bett gelegen hat, kann er tun, was er will, er macht sich zum Narren, es sei denn, er erschießt die beiden, dann macht er sich zum

Mörder. Also doch ein Mörder. Er könnte an dem Cabrio die Reifen aufstechen, gewiß eine Möglichkeit, unter Umständen brächte ihn das weiter. Wenn es ihn nicht weiterbrächte, würde es die andern, wenigstens, aufhalten. Die Kunst desjenigen, der verlassen wird, kann aber nie sein, möglichst geschwind zu laufen, gleichgültig in welche Richtung, hinterher oder davon. Mit Laufen allein ist überhaupt nichts in Ordnung zu bringen. Wie soll es überhaupt möglich sein, etwas in Ordnung zu bringen. Vielleicht stellt sich die Geduld ein, zu warten, daß die Dinge von alleine wieder ins Lot kommen, daß sich das Verlorene wieder einfindet, oder, was das einzig Vernünftige ist, man hält die Lücke, die entstanden ist, in die richtige Richtung und erwartet den Drachen.

Tja, Samy hat die Reifen nicht aufgestochen. Ein Versäumnis, zweifellos. Denn da fahren die beiden in ihre eigene Geschichte, das Ende der vorigen entlang.

Jede Geschichte, die neu ist, verstellt die alte, selbst wenn die neue eine verkommene Fälschung der alten ist.

15 – Sie haben die Fahrt vor zwei Minuten fortgesetzt. Ich nehme an, dein Name ist Jonas. He, was soll das? Nicht so hastig! Es braucht keine dicken Fliegen, um nach alten Schuhen zu fischen. Warte doch, bitte, bis ich an Bord bin. Der Mann hat ein Telefonat ... Stopp, ich bin noch nicht soweit. Sto-op! Hilfe! Mein rechtes Bein! Der Geigenkasten! ... Gerade noch erwischt ... Du liebe Güte. Sind da Tschinellen drin? ... ein Telefonat geführt. He, du hättest mich fast verloren. Ein geschäftliches Gespräch. Dein Mädchen hat schlechte Laune. Aber das will nicht viel heißen. Morgen lacht sie wieder. Es ist die Erschöpfung, die Auszehrung, die man ein, zwei Tage spürt, wenn man davonläuft. Das Gefühl ist mir nicht unbekannt. Mir geht es auch immer so. Sie freut sich immerhin aufs Meer. Der Mann, wie heißt er?

– Caspar Zelzer.

– Er wickelt seine Geschäfte in einem Strandbad ab. Hat er viel Geld?

– Kann man nicht anders sagen. Jedesmal wenn wir mit der Geschwindigkeit runtergehen, an jeder Dorfeinfahrt, bin ich daran erinnert, daß er an jedem gottverdammten Straßenschild in diesem gottverdammten Land verdient hat. Du hast keine Vorstellung, wie viele Straßenschilder benötigt werden, um dieses Chaos zu ordnen, um den Kollaps zu verhindern. Und dann, kaum zu glauben, unfaßlich: Es geht in die Hunderte, was täglich demoliert wird, indem sich jemand den Kopf daran zu Tode stößt, was verschandelt oder gestohlen wird. Verschandelt, das geht ja noch. Ich finde, auch im Straßenverkehr braucht es ein paar gutbewachsene Inseln der Unordnung, wo das Gehirn und der Motor stocken. Monströs ist aber, wie viele Straßenschilder gestohlen werden. Da schlägt dieses erschreckende Bedürfnis durch, sich mit Dingen zu umgeben, die reglementiert sind, diese Verkehrsschildbürgermentalität.

– Hör auf, sagt Noemi, mir läuft es kalt über den Rücken.

– Und für den Nachschub an Schildern sorgt die Firma Zelzer's Nachfahren. Fahren einfach geradeaus, immer geradeaus. Ein narreneinfaches Geschäft. Caspar am Steuer, von klein auf hineingewachsen in diese Abläufe. Er kann gar nicht anders, schon ganz ungelenk mit Bleifuß und lahmen Armen, weil nie eine Kurve kommt, weil nie eine Kraft auf ihn einwirkt, die erforderlich macht, daß er seinen Schwerpunkt verlagert. Wenn ich die Umstände bedenke, bleibt als einzige Konsequenz, daß ich meine Passionen wechsle. Ich habe den falschen Mann gefördert.

– Hast du mit Straßenschildern zu tun?

– Rund um die Uhr.

– Aber um Straßenschilder scheint es bei dem Geschäft nicht zu gehen. Unwahrscheinlich, daß dabei die Steuer umgangen wird.

– Die Steuer wird überall umgangen, umfahren, selbst bei dieser exakten Wissenschaft. Einfach geradeaus, kurzum, links, rechts. Damit kämen wir zu dem Bild. Sie werden es verkaufen wollen.

– Stimmt, sie haben von einem Bild gesprochen. Jetzt fällt's mir wieder ein. Was ist das für ein Bild?

– Das Rauchende Mädchen. Ein Mädchenportrait mit angesehener Signatur, doch die Herkunft ist zweifelhaft, sehr zweifelhaft, wenn du mich fragst, und mich solltest du fragen, weil ich weiß, daß es falsch ist, das verkommene Luder. Verkommen ist es in jeder Hinsicht und wunderschön, ein wunderschönes Mädchen, das Rauchende Mädchen, dabei sehr stolz und abweisend, fast überheblich und erfunden … Es ist ein Verhängnis, sich zu solchen Frauen hingezogen zu fühlen.

Die letzten paar Kilometer hat Jonas das Gespann auf niederen Touren gehalten, um sich mit Noemi verständigen zu können. Jetzt jagt er den Motor hoch, weil er nichts mehr reden will. Und da er es obendrein satt hat, über Dinge nachzudenken, die ihn ständig über Vergangenes stolpern lassen, kleinliche Erinnerungen, in denen Unbedeutendes plötzlich bedeutsam erscheint, beginnt er zu singen, zu trällern.

White Wedding

Hey little sister what have you done
Hey little sister who's the only one
Hey little sister who's your superman
Hey little sister who's the one you want
Hey little sister shot gun!

It's a nice day to start again
It's a nice day for a white wedding
It's a nice day to start again.

Irgendwann kommt kräftiger Gegenwind auf. Die Luft verliert ihre Trockenheit und nimmt mit der Nähe des Meeres einen jodhaltigen Geruch an. Gleich atmet es sich leichter. Der Speichel wird weniger flockig, die Landschaft hügelig. Gestrüpp, mit dem die Wiesenränder abgesteppt sind, zergliedert die von Schafen beweidete Gegend. Dörfer und wilde Mülldeponien rücken näher zusammen, die toten Hasen am Bankett. Schließlich, am Kamm eines Hügels, zwischen Bäumen, die allesamt schräg stehen, in die Richtung des Winds geneigt, daß es den Eindruck vermittelt, als kippte gleich die Landschaft aus der Welt, taucht über einer grünlichgrauen Borte, die den Rand des Festlands markiert, das Meer auf, ein dünner hellblauer Streifen, ein Pinselstrich. Keiner sagt was.

Jonas verfährt sich. Das Leben als laufendes Verfahren. Er dreht um, mit dem Sozius am Außenradius. Er biegt auf einen Seitenweg, der ihn nach einer Gerade von zwei oder drei Kilometern zu einer Pinienallee entlang der Küste führt, einer degradierten Heerstraße aus grob behauenen Feldsteinen, denen eine dünne Teerschicht Halt verleiht. Starke Wurzeln haben die Straße in Schrunden und Rissen aufgeworfen, so daß Jonas zur Mitte der Straße driftet, sobald es der Gegenverkehr zuläßt. Sie passieren ein Dorf, in dessen Hafen ein Tangodampfer vor Anker liegt mit bunten Lichtgirlanden, die Jonas' Ansicht, daß alles hoffnungslos und unwiederbringlich ist, kurzfristig mildern. Sie gondeln durch Galerien, durch kleine, unbeleuchtete Tunnels, deren Enden meist schon beim Einfahren als grelle Kreissegmente sichtbar sind. Dann stellt ein längerer Tunnel die alten Ansichten wieder her. Es kommt Jonas absurd vor, daß er Ann hinterherläuft und nicht einmal weiß, ob er sie erreichen will. Voll bitterer Enttäuschung fragt er sich, innerlich kopfschüttelnd, ob das alles gewesen sein kann und warum, und wie sich zurechtfinden, auskennen in diesem Verhau, aus dem keine Schilder heraushelfen.

Nach einigem Suchen findet er die letzte Abzweigung zur Strandkolonie. Als sein Ohr trotz des Helms den Lärm vom Modellflugplatz hinter dem Bahngleis aufnimmt, ordnen sich in seinem Kopf Wege des letzten Sommers, als Ann-Kathrin und er ein Wochenende hier verbracht haben. In Verbindung mit dem Jaulen der Flieger, das mit Entfernung und wechselnder Geschwindigkeit steigt und fällt, erinnert er sich, daß es bei nächster Gelegenheit auf eine Schotterstraße abzubiegen gilt.

Bei der Abzweigung hält er an. Er erklärt Noemi, daß er jetzt allein weiter müsse und daß ihm das leid tue. Aber aus seiner Haut könne er nicht heraus. Das Herz liebe selten, wie es poche. Es sei ein ebenso verläßliches Organ wie übler Komplize. Halblaut murmelt Noemi etwas Unverständliches. Doch als Jonas die an Ann adressierten Erinnerungskarten, die er gestern (vorgestern?) dem Postkasten entnommen hat, aus der Seitentasche seiner Jacke zieht, hellt sich ihre Miene auf.

– Verbier/Schweiz oder Helsinki? Auf beiden steht meine Adresse.

– Helsinki, sagt Noemi ... Ist das die Handschrift von deinem Apotheker? Wie heißt das? ... Chattertongasse könnte es heißen. Schätze, das trifft es. Chattertongasse. Weißt du, ich habe ganz schön Übung im Adressenlesen, hmm, um ehrlich zu sein, verdammt viel Übung. Egal. Das wär's wohl. Die Eintagsfliege wird in eine kurze Welt geboren.

16 Der auf Holzstelzen im Windschatten einer Sandverwehung errichtete Bungalow liegt verlassen da. Die Läden sind geschlossen. Der Bretterzaun, der um das Haus führt und den Besitz von den benachbarten Häusern abgrenzt, ist bis zur Mitte eingeweht. Nur die oberste Latte ragt aus dem vom Wind gerippten Untergrund. Die Strukturen im Sand sind überwiegend naturgemacht. Den Streifen, den die Flut bei Höchststand erreicht, sprenkeln Flecken von Schlick wie Brandlöcher einen sandfarbenen Kurzhaarteppich.

Zwar führen frische Reifenspuren zum Haus, doch läßt sich an den Fußspuren auf der einigermaßen windgeschützten Veranda erkennen, daß Ann das Auto nicht verlassen hat, lediglich Caspar, der dafür zweimal.

Ohne abgestiegen zu sein, macht Jonas kehrt. Er folgt dem wenig benutzten Strandweg zwischen toten Dünen hindurch nach Süden. Er denkt an Vertiefungen im Sand, die im Vorjahr nicht öffentlich werden ließen, was ein Ärgernis gewesen wäre, wie alles Private. Die Erinnerung entwirft ihm Bilder, die so leicht daherkommen, so vollkommen, daß er nicht weiß, ob er gerührt oder angewidert sein soll von dieser Makellosigkeit, die nie viel Realität gehabt haben kann. Er fährt jetzt schneller, als er sollte. Das Gelände ist schwierig. Die Ausgleichsverstrebungen zwischen Motorrad und Beiboot wippen. Das Lenkrad ruckt heftig. Die Maschine hüpft, schlingert, bleibt beinahe stecken. Jonas durchquert eine weitere Strandkolonie. Er versucht, sich

Ann-Kathrin nackt vorzustellen. Soweit kommt es. Er passiert eine Kapelle, die offene Glockenstube als Nadelöhr, durch das sich ein schneller Blick zwängt. Dann gelangt er zu einer von Maschendrahtzaun abgegrenzten Bucht, die sich zum Baden gut eignet, weil ihr ein breiter, die Wellen brechender Fels vorgelagert ist. Der Zaun reicht bis weit ins Wasser. Abgestorbene Wicken, Gräser und Algen haben sich darin verfangen und mit Schmutz zu Klumpen verfilzt.

Da der Parkplatz des Strandbads vollständig belegt ist, parkt das schwarze Cabrio mit einem Reifen auf dem Grün neben der Straße. Jonas findet links vom Eingang bei den Fahrrädern und Mopeds zwischen zwei Kübelpalmen eine Lücke. Er klemmt den Geigenkoffer unter den Arm, begibt sich zur Kasse, wo er die Motorradschlüssel als Pfand für die Strandgebühr hinterlegt und dem Kartenabreißer verspricht, seine Schwester in einer dringenden Angelegenheit zu sprechen und dann zurückzukehren.

Aber die Suche nach Ann-Kathrin läßt sich nicht nur wegen der Windverkleidungen der Strandkörbe schwierig an. Blonde und blondierte Frauen, die außerdem schlank sind und sich in Badeanzug und Bikini, Wickelrock und Strandkleid mehr oder weniger ähneln, gibt es zuhauf, um nicht zu sagen wie Sand am Meer. Jonas ertappt sich dabei, wie er bei seiner Suche das Hauptaugenmerk auf langes Haar legt, und muß sich zwingen, nach einer Ann Ausschau zu halten, von der er kein Bild besitzt, die er an einem Merkmal erkennen muß, das er nur bezeichnen kann. Die dazu passende Vorstellung, kurzes Haar, will ihm nicht gelingen, obwohl er den neuen Haarschnitt vom Turm des Doms aus gesehen hat.

Kein Wunder, daß er den Mut bald sinken läßt. In dem unüberschaubaren Gewimmel geht eine blonde Frau in die andere über. Zeitweilig fällt es ihm schwer, zum einen Ende das andere zu finden.

Der Strand ist von Tausenden Fußabdrücken aufgewühlt. Die Rippelmarken der letzten Flut sind ausnahmslos zertreten. Das Meer, in der Bucht ohne große Unterschiede an Tiefe, erscheint von Jonas' Standpunkt aus grün, limonengrün, und ist ruhig, zu ruhig. Schläfrig kräuselt es sich, als werde ihm aus den Ferienromanen dieses Sommers vorgelesen, die allerorts auf den Handtüchern herumliegen. Nur manchmal glitzert Licht auf den Wellen, die sich ebenso selten aufrichten, um mit Schaumkronen abzurollen. Sporadisch erreicht weißer Schaum Jonas' Schuhe, die unter der Wellenkante durch den vom Wasser festen Auslauf staken. Stoßweise auffrischender Wind massiert seine Knöchel mit Flugsand.

Frauen, denen an den Schultern die Haut in Fetzen geht, küssen ihre Männer und bringen Nasenstöpsel an, ehe sie mit wasserfesten Uhren am Handgelenk die ersten Züge schwimmen. Hinter den Schildern, die den Bereich für Nichtschwimmer abgrenzen und wo die Farbe des Meers zu Blau tendiert, kann man vereinzelt Köpfe wie Bälle auf dem Wasser tanzen sehen. Links und rechts davon tauchen in gleichmäßigem Rhythmus Arme aus dem Grün und werfen die Oberfläche auf.

Und überall Ann. Überall Zeichen von ihr. Überall das gleiche Bild, dieselben Schmerzen, als wäre es die richtige Ann. Dort ihr maulwurfbrauner Badeanzug mit den Spaghettiträgern. Dort ihr Hut aus Blätterstroh. Dort ihre Art zu gehen. Anderswo ihr Haar, lang und kurz, immer kürzer werdend in der Angst, sie nicht zu finden oder die Richtige für die Falsche zu nehmen. Jedesmal wenn Jonas einen Teil von ihr erkennt, versetzt ihm der Anblick einen Stich, daß er für Augenblicke, bis sich die Ernüchterung in Form eines zu großen Hinterns oder pinkfarbener Plastiksandalen einstellt, unfähig ist, einen Gedanken zu fassen. Wenn er wollte, wäre es ihm ein leichtes, eine Collage in Sachen Ann, das Idealbild, das äußerste Maß ihrer Schönheit aus der Menge zu destillieren.

Wie viele Frauen passen überhaupt in eine? Was ist mit den vielen Mädchen, die einen als Kleinkind auf dem Schoß hatten? Sieht man sie in einer einzigen Frau wieder? Wenn ja, wer ist dann diese Frau? Muß sie nicht seitenweise Namen haben, wie hochadelige Prinzessinnen der Viktorianischen Zeit? Darf man so ein Konvolut bequem auf *Ann* verkürzen?

So viele Fragen in einem einzigen Kopf.

So viele Fragen, auf die der Kopf keine Antwort hat, teils aufgrund seiner Unzulänglichkeit, teils weil Jonas, kurz nachdem das südliche Ende des Bads in Sicht gekommen ist, Caspar Zelzer entdeckt: Caspar, der in der Schlange vor einer Holzhütte, Münzen sortierend, um ein Eis ansteht.

Dieser Esel, denkt Jonas. Aber natürlich gibt es geeignetere Personen, sich über Caspar ein Urteil zu bilden. Das Bild, das Jonas sich macht, ist für den persönlichen Gebrauch bestimmt, eine oberflächliche Verachtung, ein Remedium gegen madig gewordenes Selbstbewußtsein, gegen angeschlagenen Stolz. Ihm geht das sprichwörtliche Messer in der Hosentasche auf. Er macht Fäuste in dem Wunsch, die Szenerie in ein schäbiges Lokal verlagert zu finden, um die verworrenen Verhältnisse mit der Aufforderung, auf die Straße zu gehen, im groben zu klären.

Doch eine Prügelei mit einem Mann, der Bermudashorts trägt, kommt für ihn nicht in Frage. Es wäre zum Lachen. Es wäre ein Fehler der äußeren Form. Eins von beiden oder beides, oder etwas anderes. Egal.

Bedächtigen Schritts, ständig auf der Hut, ein mögliches Stolpern mit den vorgehaltenen Armen auszugleichen, schlängelt sich Caspar, eine überladene Waffeltüte in jeder

Hand, zwischen den ausgebreiteten Handtüchern zu dem Strandkorb mit der Nummer 34. Die zugegeben athletische Gestalt beugt sich vor. Zwei Hände, Jonas weiß, wem diese Hände gehören, nehmen die Tüten entgegen. Anns Hände, die längst Gewohnheit waren und die ihm jetzt fern sind, fremd, als ob er diese Hände nie berührt hätte, nur die Hände ihn. Ihr Anblick macht ihn toll. Der Heizer, der sein Leben auf Touren hält, schaufelt sich die Seele aus dem Leib. Die Ventile pfeifen. Der Kessel ist haarscharf am Platzen.

Nice day to start again.

17

Dem gezielten Fußtritt haben die Scharniere im morschen Holz der Strandkabine, die ebenfalls die Nummer 34 trägt, wenig entgegenzusetzen. Die Tür hängt, nur mehr vom Vorhängeschloß gehalten, lose nach vorn. Jonas ist zufrieden. Ohne einen Blick ins Innere zu werfen, trabt er leicht hinkend zur Kasse und bittet um seine Schlüssel.

Der Kartenabreißer gibt den Bund mittels Drehschale zurück. Jonas verlagert das Gewicht von einem Bein auf das andere. Der Kartenabreißer blickt auf, mit einem Anflug automatischer Herablassung, die ihn über den Morast der instinktiv empfundenen Scham erheben soll, von dem Gejohle am Meer ausgeschlossen zu sein: Gibt's noch was?

– Ja, hmm, das wird Sie interessieren, beim Hergehen habe ich einen Mann beim Aufbrechen von Kabinen beobachtet. Das ging ruckzuck, und die Leute haben reihenweise zugeschaut, froh, nehme ich an, von ihren gelben Zehennägeln abgelenkt zu sein.

Die Neuigkeit scheint zu überzeugen. Die Rundungen der Verlogenheit in den Nuancen der einzelnen Wörter müssen sich in der einen Sekunde, während der die Wörter im Raum standen, gestreckt haben, müssen sich mit der flirrenden Luft synchronisiert haben, um den gewiß vorhandenen Eindruck der Unregelmäßigkeit vor dem verschworenen Hintergrund zu tarnen. Denn der Kartenabreißer wechselt sofort die Farbe. Er dreht mehrmals den Kopf hin und her, ehe er sich lärmend aus dem Korbstuhl wuchtet: Chef! Cheeef!!!

Der Chef, ein Mann um die Fünfzig mit Hängebacken und einem Bauch, der schwer über den Hosenbund lappt, taucht in der Tür hinter dem Kartenabreißer auf. Ein Mickey-Mouse-T-Shirt spannt um den massigen Körper. Die Ärmel reichen kaum bis zum Rand der Schultern. Der Mann steckt sich den kleinen Finger der Rechten ins Ohr, stochert im Gehörgang. Er unterzieht das Gelbe unter dem Nagel einer eingehenden Inspektion, bevor er es an seinen Kordhosen abwischt: Laß dir ein für allemal gesagt sein, Seifert, es gibt keinen Grund so herumzukrakeelen, nicht wenn die Welt untergeht.

– Aber dieser Mann sagt, jemand breche Kabinen auf.

Jonas: Um ehrlich zu sein, ich habe es nur bei einer gesehen.

Mit der Gemächlichkeit eines Heckablage-Dackels senkt der Verwalter des Bads wiederholt und ausdruckslos den Kopf. Er verzieht das Gesicht, um seinen Unwillen, der Sache nachzugehen, unmißverständlich auszudrücken. Er streicht sich, noch immer tatenlos, mehrmals über den Stiernacken, dann über die Stoppelfrisur, die im Weiß neuer Zahnbürsten strahlt: Verdammter Entendreck, wo genau ist das?

– Nummer vierunddreißig.

Nach einigem Hin und Her, was zu tun ist, weist der Dicke den Kartenabreißer an, den Leuten von vierunddreißig Bescheid zu geben. Er läßt die Hosenträger spicken. Zehn Sekunden später watschelt er ohne große Hast über den ausgelegten Kunststoffweg vor Jonas her. Bei den Kabinen deutet Jonas mit dem Zeigefinger auf die demolierte Tür. Schöne Bescherung. Und während der Verwalter eine Suada wüster Mutterflüche ausstößt, stiehlt sich Jonas zum Strand. Er verbirgt sich hinter einem gelb und blau gestreiften Strandkorb, als ihm auf halbem Weg der

Kartenabreißer und Caspar entgegenkommen. Caspar, in vorgebeugter Haltung, laufend, als würde er gehen. Ständig wechselt er das Tempo, daß Seifert Mühe hat, ihm nicht in die Fersen zu treten. Ob er sicher sei, fragt Caspar, fast rufend vor Aufregung, daß es sich um seine, Caspars, Kabine handle. Nummer vierunddreißig? Ganz sicher, vierunddreißig, gibt Seifert zurück. Ich bedauere sehr.

Ann-Kathrin sieht blaß aus. Ihre Haare sind jetzt dunkler, weil die ausgebleichten Strähnen der Schere zum Opfer gefallen sind. Sie besitzt einen schönen Hals, schmal, gleichförmig, ein wenig lang. Ihr Gesicht hingegen wirkt jetzt runder, weniger verschlossen, weniger distanziert. Es wäre interessant zu wissen, woran sich die Erinnerung halten wird, an das Gestern oder das Heute, ob die Erinnerung das Haar retuschieren wird: kurz zu lang. Wofür sie bloß die Badehaube braucht, wo sie sich die Haare extra hat schneiden lassen? Jetzt legt sie sie wieder weg, langsam, bedächtig, streicht sich rechts eine Strähne hinters Ohr. Ob Caspar weiß, daß sie wegen des augenfälligen Größenunterschieds ihrer Brüste rechts eine Schale trägt? Wer genau hinsieht, kann es erkennen, nur links zeichnet sich die Brustwarze ab. Wer achtet schon darauf. Wer genau hinsieht, erkennt gewiß auch, daß neben dem knapp bemessenen Zwickel an den Innenseiten ihrer Schenkel Stoppeln die Haut schattieren, von mir mit meinem Rasierapparat zurechtgestutzt. Das sieht gleich schöner aus, hat Ann-Kathrin gesagt, irgendwie ordentlich.

Wen interessiert das noch? Wen interessiert mein Verhältnis zu ihren Impfmalen? Zu ihren Bikinistreifen? Zu ihrem Badewannenwasser? Einem Schluck daraus? Mein Verhältnis zu ihrer Angewohnheit, bei schlechter Laune

Nutella ohne Brot zu essen? Wen interessiert es noch, daß ich ihr Fliegenfänger war, ihr Kammerjäger? Wen, daß ich tausendmal auf ihrer Klitoris *Ich liebe dich* gemorst habe?

Jonas tritt aus der Deckung des Hochstands, von dem aus ein Bademeister den Strand überblickt. Ann-Kathrin ist schon bis zu den Knien im Meer, mit dem Rücken zu ihm. Ihr schmaler, bis gestern von Haaren verborgener Nacken ist weiß, auch ihre Kopfhaut, die der Wind in einer feingescheitelten Linie für einen kurzen Moment freilegt. Sie springt in eine Welle. Sie schwimmt hinaus. Sie nähert sich dem Streifen, wo das Meer die Farbe Richtung Blau wechselt, erreicht ihn. Jonas denkt, daß dies der Moment ist, ihren Namen zu rufen, der Moment, in dem der Faden zwischen ihr und ihm bis an die Grenze seiner Belastbarkeit gespannt ist. Aber im nächsten Moment ist Ann über den Streifen hinaus, und Jonas glaubt, daß der Faden gerissen ist, daß eine Saite gerissen ist, daß Ann seine Stimme, wie laut er auch riefe, nicht hören würde. Bestimmt nicht. Daß er sie nicht erreichen würde. Jetzt nicht mehr. Sie dreht sich auf den Rücken. Sie taucht rücklings unter. Zehn Sekunden, fünfzehn Sekunden. Sie schießt senkrecht wieder hoch. Sie streicht sich, als sie bis zur Brust aus dem Wasser ragt und in dieser Position zu stehen scheint, mit beiden Händen die Haare zurück, läßt sich aus derselben Bewegung heraus nach hinten fallen und paddelt parallel zum Strand, langsam, auf geringen Aufwand bedacht und leicht wie jemand, der nicht die geringste Traurigkeit empfindet (wie jemand, der einem fehlen wird), Richtung Süden.

Mit der plötzlichen Gewißheit, alles verstanden zu haben, ist Jonas Ann bis zur Kante nachgegangen, wo der Strand zum Wasser abfällt. Dort steht er, bewegungslos, immer deutlicher spürend, daß der Abstand zwischen ihr und ihm zu groß geworden ist, daß sich ihre Gedanken von seinen Gedanken abgesetzt haben (wie sich in der Früh der Tag von der Nacht abgesetzt hat). Für einen Moment steht er unsäglich allein da. Das Verlangen überkommt ihn, sich umzudrehen und zu laufen. Nicht mehr unbedingt in eine bestimmte Richtung, nur irgendwohin, wo der Weg frei ist und alles ein weites Feld, weit weg, white wedding, Sibirien, wo niemand davon berührt ist, daß sein Ende mit Ann solcherart sein muß, ein Reißaus, ohne Haken, ohne Verhängnis. Selbst seine Empfindungen erscheinen Jonas mit einmal fingiert. Von wegen große Gefühle. Davon wird nur immer geredet. Das Schnüren im Hals ist nur die Trauer darüber, großer Gefühle nicht fähig zu sein, nicht die Sache selbst, ein großes Gefühl, und die Berufung auf eine Welt, in der alle großen Gefühle vergriffen sind, eine Flucht ins Allgemeine, die Jonas' persönliches Versagen nicht eigentlich schmälert.

Hey little sister what have you done?

Jonas trällert, gedankenlos, blicklos. Ihm schwindelt von dem ständigen Blenden. Shot gun. Ein Stoß trifft seine Schulter, ein Schlag, hart, daß er Mühe hat, nicht hinzufallen. What have you done? Ein zweiter Stoß. Er solle das Strandbad verlassen. Ein Gottesfluch. Drei Sekunden, bis in drei Sekunden sei nichts mehr zu garantieren.

Eins … zwei … drei.

– Verschwinde!

Die besonders langweiligen Bücher werden auf die Schimpfwörter hin, mit denen Seifert seine Aufforderung begleitet, zugeklappt. Schlafmasken werden ohne Hast von den Augen gestreift. Langsam, als Seifert seine Aufforderung mit immer präziseren Drohungen unterstreicht, folgen die spannenderen Bücher. Einzelne Köpfe tauchen hinter Windverhängen auf, um nachzusehen, wer den Wirbel veranstaltet. Manche treten mit langen Hälsen in die Sonne, springen von einem Fuß auf den andern, um sich in dem heißen Sand keine Brandblasen zu holen. Jonas weicht ihren Blicken nicht aus. Jetzt, da ihn die Leute anschauen, bedeutet es ihm viel, ihnen gerade entgegenzusehen. Nur der Geigenkoffer schlenkert leicht um seine Knie. Sonst ist er völlig ruhig, steht gestochen im Fingerzeig der Grelle. Ich bin da, soll das heißen. Ich lebe, und manchmal laut. Ich lebe, und ich bedauere nicht. Im Gegenteil. Und wenn das irgendwem Gesichtszuckungen verursacht, ist das sein Problem.

Es sind die Kragenenden von Jonas' Jacke, an denen Seifert den Ernst seiner Drohungen verdeutlicht. Die Jacke sei zu gelb, als daß sie solche billigen Finten decke. Jonas stemmt sich gegen den Griff, und als sich die Arme des Kartenabreißers verkrampfen, sich ihrerseits gegen Jonas stemmen, wirft sich Jonas nach hinten, wodurch der Kartenabreißer das Gleichgewicht verliert und vornüberfällt. Der Hals des Geigenkoffers saust knapp am Ohr des Mannes vorbei. Vielleicht, weil Jonas nur versucht und nicht gewollt hat, ihn zu treffen. Und da der Schwung ins Leere geht, rutscht der Kasten aus Jonas' schweißigen Fingern, macht einen weiten Bogen zum Meer, schlittert noch ein Stück durch den nassen Sand, ehe er von einer Welle aufgenommen wird. Jonas verfolgt den Weg des Kastens, der ihm vorzugaukeln scheint, sein Herz befinde sich darin, gewiegt. Die Welle trägt den Kasten, das Herz, ein Stück den Strand hoch und setzt ihn nach vielleicht einem Meter wieder ab, nach vielleicht einer Sekunde – zu spät für das Herz, um wieder gefaßt zu sein.

Denn die Zeit, bis der Geigenkoffer zu liegen kommt, genügt Seifert, um sich aufzurichten. Die Gerade, die er gegen Jonas Ohr wuchtet, daß der zerberstende Bügel der

Sonnenbrille die Schläfe aufreißt, läßt Jonas der Länge nach hinschlagen. Törichtes Herz. Scherben fallen aus der Brille, als Jonas den Oberkörper aufrichtet. Dann verschwindet sein Kopf in einem grellgelben Strudel von Licht.

18 Eine verrückte Idee, ausgerechnet ein Strandbad als Treffpunkt zu wählen. Da sieht man es, mir macht es sogar Spaß, mich selber zu ärgern. Bis zu einem gewissen Grad relativiert das auch meine Gründe, derentwegen ich dieses Bild kaufen will. Ich bin und bleibe eine Freibeuterin auf den sieben Weltmeeren der Träume und Schäume. Voilà, hier bin ich richtig, mein Metier. Ich höre die Brandung und das Ticketacke. Nur diese Hitze, sie ist ein Abgrund. Nicht genug, daß sie alt macht, ihre abscheuliche Viskosität verklebt den Verstand, verklebt, igitt, wie Pechmarie möchte man herumlaufen, erniedrigt, mit seitwärts weggestreckten Armen, O-beinig, im Bewußtsein, durch und durch schlecht zu sein. Ich erinnere mich an die Geschichte vom Blut des Nessos, vom Gewand, das an der Haut klebenbleibt. Ha! daß ich nicht lache oder verzweifle vor lauter Unsinn! Ein Liebeszauber? Ein tiefer Irrtum, meine liebe Deianira. Teufelsgold. Ein Verderben, ein unappetitliches, stinkendes Verderben. Überall Fliegen, kochende Scheiße. Eine vergiftete Atmosphäre. Mich ekelt davor. Heute früh hatte ich Anwandlungen, den Tag im Ozeaneum bei den Pinguinen zu verbringen. O Constantin, Constantin Constantin! Geliebter! Wo bist du, mein bester Wind in den Segeln? Mein ein und mein alles. Mein Blindenhund. Mein Talent für das Leben. Daß du Humor hattest, habe ich an dir vor allem anderen geschätzt, auch deinen Sinn für das Praktische: der Frau zur Hochzeit eine Eintrittskarte auf Lebenszeit für das Ozeaneum zu schenken. Mein Dasein, Constantin, wenn du

nicht vorgesorgt hättest, wäre eine Wüste, in der man nicht einmal sterben wollte. Ich hasse diese Hitze. Täglich hasse ich sie mehr.

Ira Constantin nimmt einen großen schwarzen Hut vom Beifahrersitz, stülpt ihn sorgfältig über ihre Frisur. Sie hebt den Hund hoch. Dann stöckelt sie schwungvoll, beinahe hastig in der aufdringlichen Luft zum Eingang. Sie bemerkt nicht, daß die Kasse unbesetzt ist. Sie glöckelt einfach mit ihrem Hintern durch das Drehkreuz, ohne im Schritt zu stocken. Wozu auch? Sie ist in Eile, und sie weiß, was sie zu wissen braucht. Vor allen Dingen weiß sie, daß ihre Welt so beschaffen ist, daß es einige Dutzend Plätze gibt, die derzeit in der thermischen Komfortzone liegen und dank der Segnungen moderner Zivilisation bis zum Abend erreichbar sind, erreichbar wären, wenn sie, Ira Constantin, nicht auch anderweitig Gefahr liefe, daß ihr Leben an Frische verliert, daß es ausraucht, abstumpft, daß es wird, was es von selbst immer ist, haltlose Monotonie.

Es ist wenig, was Ira Constantin veranlaßt, überhaupt hier zu sein. Aber das wenige, dieses Bild und die jungen Leute, ist immer noch halb so langweilig wie das Lesen von Kunstkatalogen. Bei diesem Bild, dem Rauchenden Mädchen, das sie für ihre Sammlung will, ist sie sich in der Beurteilung immerhin sicher: fraglos eine Fälschung. Sie sammelt Fälschungen. Und was die jungen Leute anlangt, so sind sie immer unterhaltsam mit ihrem unerschütterlichen Glauben, den Faden ihres Lebens in der Hand zu halten. Denn in Wahrheit haben sie keine Ahnung, halten links und rechts nicht auseinander und kommen nie an, wo sie hinwollen. Mag sein, daß manche ihre Pläne mit der Wirklichkeit auf gleich bringen, indem sie diese Pläne laufend revidieren. Aber sogar diese schlichte Weisheit geht den meisten von ihnen ab.

Bei den Kabinen stockt Ira Constantin. Sie setzt den Hund ab, legt ihn an die Leine. Nebenher sucht sie nach der Kabine, deren Reservierung sie vor anderthalb Stunden veranlaßt hat. Sie wendet sich zum Verwalter, ob das einen besonderen Grund habe, daß seine Masse ausgerechnet vor der Kabine mit der Nummer vierunddreißig postiert sei. Und eins noch, bevor er antworte, er solle seinen Hosenschlitz schließen, wie unappetitlich, man müsse das Schlimmste befürchten.

Der Verwalter entschuldigt sich mit einer Verbeugung, der Reißverschluß klemme.

– Dann fassen Sie sich kurz, sagt Ira Constantin.

Der Verwalter gibt bereitwillig Auskunft: Gestohlen habe man nichts. Verwunderlich. Dem Anschein nach ein Ablenkungsmanöver. Er könne nicht ausschließen, daß sich unten am Strand Tragödien abspielten. Er habe den Eindruck, die Angelegenheit sei kompliziert, also privat.

– Genug, es reicht, unterbricht ihn Ira Constantin. Sie verzichte auf seine Auslegungen und empfehle ihm, darauf acht zu haben, daß überhaupt nichts abwegig sei und dabei alles ganz unzulänglich, weil nichts, gar nichts irgendwo hinreiche.

Damit scharwenzelt sie, um hinunter zum Strand sehen zu können, zum meerseitigen Ende der Kabinenbatterie, von wo das Gelände in zwei Stufen abfällt. An verschiedenen Stellen entdeckt sie Tumulte, kann aber nicht erkennen, bei welchem es sich um denjenigen handelt, dem ihr Interesse gilt. Erst als der Verwalter auf eine Topfpalme weist, in deren gerader Verlängerung ein im Sand kauernder, mit einer gelbsüchtigen Jacke bekleideter Mann auszumachen ist, finden sich ihre Augen zurecht: Jonas Kreuzer. Zwei Männer heben ihn hoch, schleifen ihn über den blauen Kunststoffweg in ihre, Ira Constantins, Richtung, schleifen ihn drei Minuten später an ihr vorbei, unmittelbar an ihr vorbei, daß sie nur den Fuß auszustrecken braucht, um dem Hund zuvorzukommen und mit der Schuhspitze einen Blutstropfen zu verwischen, der sich im Sand zu einer gleichförmigen Kuppel aufgerichtet hatte. Das kommt davon, sagt sie, sagt es laut, wenn man wie Russen mit Wodka verfährt, wo lange nichts verfahren wäre, ex und hopp und lauter Scherben.

Fünfzig Meter hinter dem Verletzten, der von den Männern zum Ausgang gezerrt wird, kommt Caspar Zelzer den Kunststoffweg herauf, völlig verschwitzt. Er habe schon gehofft, daß Ira Constantin mittlerweile eingetroffen sei. Er brauche jetzt Ruhe, um ein paar Dinge in Ordnung zu bringen, die ihm seit mehreren Jahren gegen den Strich gingen. Ira Constantin werde Jonas Kreuzer erkannt haben, wenn nicht am Gesicht – das ist ein wenig verschmiert, gebe ich zu –, dann an der Jacke: Was will man machen, er wollte es so.

Ira Constantin vermeint im Dunst aus ranzigen Sonnenölaromen und widerlichen Absonderungen strapazierter Körper den Geruch kandierter Äpfel wahrzunehmen. Die Wunde sieht böse aus, sagt sie, ohne sich selbst zuzuhören. Sie haben ihn übel zugerichtet, sagt sie, noch immer diesem Geruch nachspürend, der ihr wie ein unverständlicher Traum erscheint oder wie Trompetenblasen aus der Ferne.

– Nicht ich habe ihn so zugerichtet, sagt Caspar, wo denken Sie hin. Die Prügel verdankt Herr Kreuzer der demolierten Kabine. Aber seien wir ehrlich, ein blaues Auge ist besser als eine Erwähnung im Polizeibericht. Ich habe – er wendet sich zum Verwalter – schon Ihrem Angestellten gesagt, daß ich für den Schaden aufkomme, mir im Gegenzug jedoch erwarte, daß von einer Anzeige abgesehen wird.

– Ganz wie Sie wollen. Ihre Sache. Eine Abreibung hat der Kerl bekommen.

– Das reicht vollauf, sagt Ira Constantin. Der Ärmste. Man möchte ihn am liebsten auf frischer Tat verarzten. Wie soll ich sagen? Diese Mischung aus Friseurgehilfe und Straßenräuber, nicht unsympathisch. Da fällt mir auf: Warum kümmert sich … die junge Frau nicht um ihn? Kann es sein, daß sie ihn nicht mehr liebt? Wohl kaum. Seine Beharrlichkeit ist bewundernswert. Er rennt einem fadenscheinigen Gewebe hinterher, das man Liebe nennt, einem zerschlissenen Fetzen, mit dem andere den Boden aufwischen würden, vergeht sich reihenweise mit der größten Verachtung an Paragraphen, die in die Strafrechtsordnung fallen. Und weshalb, Herr Zelzer? Wofür?

Caspar: Um einer Frau beim Schwimmen zuzusehen, der Narr, Himmel, dieser rettungslose Narr. Ich gebe zu, wenn er einen Hauch Konventionalität besäße, mit anderen Worten, Berechnung, das ist halt ein Gesetz, daß man die Gerade nicht abkürzen kann, kurzum, wenn er zwei Fähnchen verwendete, um seine Route abzustecken, käme er zunächst vielleicht weniger rasch aus den Startblöcken, dafür aber in die richtige Richtung. Es ist sein ganz privates Pech, daß er seinen Verstand für derlei nicht erübrigen will und lieber drauflosstürmt und deshalb ein Verlierer ist, bei all den Umwegen und vermeintlichen Abkürzungen, die er macht, um Ann-Kathrin einzuholen, derentwegen er sie aber nicht erreicht.

– Oder trotz derer er sie nicht erreicht, sagt Ira Constantin. Sie würde fortfahren, in ihrer tiefen Skepsis, ob das Leben logisch eingerichtet ist, vielleicht bezweifeln, daß Jonas Ann-Kathrin tatsächlich nicht erreicht. Doch der Verwalter fällt ihr ins Wort: Entschuldigen Sie, daß ich Sie unterbreche. Er wischt sich ächzend den Schweiß von der Stirn. Zu

Caspar gewandt: Für heute nehmen Sie Nummer elf. Ich würde Ihnen rasch beim Umräumen helfen.

– Ich bitte darum, sagt Caspar. Sie haben hoffentlich noch drei Minuten Zeit, Frau Constantin?

– Wenig mehr, sagt die Angesprochene, blickt dabei träge, starr in die von ihrem Hut geworfene Schattenpfütze, spürend, daß sie ihre Abneigung gegen diesen Ort nicht länger in Schach halten kann. Sie windet sich vor Unbehagen, läßt dieses Unbehagen aber behaglich erscheinen, indem sie vorgibt, die Meeresluft zu genießen.

Die Stimmen der Männer klingen, als mahlten Zähne Sand.

– Ich sehe, Sie haben bereits angefangen.

– Womit? fragt der Verwalter.

– Mit dem Umräumen, sagt Caspar.

– Wie käme ich dazu, mir das anzumaßen?

– Was soll das heißen? fragt Caspar.

– Daß ich nicht damit angefangen habe.

– Himmelherrgott, wo ist dann das Bild?

– Welches Bild? fragt der Verwalter.

– Der Liegestuhl, sagt Ira Constantin.

– Stimmt, jetzt wo Sie's sagen. Vorhin war noch einer da. Wo kann er hingekommen sein?

– Genau *das* möchte ich wissen! sagt Caspar.

– Was schauen Sie mich an? Die Gnädigste kann es bestätigen: Noch vor zehn Minuten hat er hier gelehnt.

Ira Constantin: Ich wünsche einen schönen Tag, meine Herren.

19 Mit der Jacke über der Schulter und einem Gefühl anschmiegsamer Verlassenheit, das er nachlässig wie die Jacke trägt, geht Jonas durch Gestrüpp in gelbbrauner Erde. Manchmal ächzt er, anonsten geht er still und stolz, als würde er beobachtet, als müßte er sich verstellen, um unerkannt zu bleiben.

Weil er am Bankett geht, sind seine Schuhe ocker vom Staub. Er betrachtet sie im Gehen. Er betrachtet sie lange, sehr lange, das Heben und Aufsetzen des Fußes, worin sich das Gehen vollzieht, rund wie ein Merkvers: You're old enough, the people say, to read the signs and walk alone. Doch irgendwann kickt er einen Stein ins Feld und sagt sich, morgen kaufe ich mir neue Schuhe, eine Sonnenbrille. Dann hebt er den Kopf und hält ihn in die angenehme Leere der Landschaft.

Nachdem er eine knappe halbe Stunde jede Minute von einem Ende zum andern abgeschritten ist, sich mit jedem Schritt ein Stück weiter von Ann-Kathrin entfernt, ihre Ränder, ihr Abseits erreicht hat, den gerissenen Faden weiter hinter sich herziehend, hält zwanzig Meter vor ihm ein Wagen, der zuvor beinahe geräuschlos an ihm vorbeigeglitten ist. Jonas blickt auf. Er erkennt am Ersatzreifen unter dem Heckfenster, daß es sich bei dem Wagen um die Limousine handelt, die am Morgen neben Franziskas Bus geparkt hat. Genervt bleibt er stehen. Meistens gibt es nichts, wofür es sich lohnte stehenzubleiben. Er wartet, was passiert. Nichts passiert. Auch der Wagen steht, doch mit leer laufendem Motor. Der Auspuff vibriert. Die Abgase gehen im Flimmern der Luft unverzüglich auf.

Also setzt sich Jonas wieder in Bewegung. Er trottet behäbig, mit verbissenem Stolz an dem Wagen vorbei, der ihm daraufhin in Schrittempo folgt, der ihn nach einiger Zeit, als immer deutlicher wird, daß Jonas nicht gewillt ist, ein zweites Mal stehenzubleiben, erneut überholt. Der Wagen parkt am Straßenrand. Die Fahrertür schwingt auf. Absätze bohren sich in den Asphalt. Ein schwarzer Hut wird aus dem Schlag gezirkelt, von der Hüfte aufwärts verdeckt der Hut die aussteigende Frau, Ira Constantin, die sich, noch während sie aussteigt, umständlich bemüht, ihre Haarskulptur *Brennender Dornbusch* in dem Hut unterzubringen. Sie wackelt zu Jonas. Ihre Hüften schwingen wegen der Stöckel. Wie eine Schiffschaukel. Nicht der Magen kentert, die Augen verdrehen sich. Jonas' Augen.

– Wie ich sehe, haben Sie das gelbe Kleid von heute früh schon durchgeschwitzt.

– Das ist mir neu, sagt Ira Constantin, daß Frauen schwitzen. Frauen duschen und ziehen sich etwas Frisches an.

– Trotzdem atmet ihr nicht weniger als wir. Selbst eure Herzfrequenz ist meines Wissens die gleiche.

– Selbst mein Blut ist rot wie Ihres, und wenn Sie in der Früh mehr davon hatten, sind wir jetzt gleichauf.

Doch das will nicht viel heißen. Ira Constantin mit ihrem Operettenblut. Spiel ich die Unschuld vom Lande/ Natürlich im kurzen Gewande/ So hüpf' ich ganz neckisch umher.

– Jetzt lassen Sie mal sehen. Halten Sie doch ruhig, sagt sie mit einer Geste in Richtung der Wunde.

– Fehlt nur, daß Sie Ihren Unterrock zerreißen … Tragen Sie einen Unterrock?

– Doch nicht bei dieser Hitze. Sind Sie verrückt?

– Apropos verrückt: Was machen Sie an dieser Straße? Ausgerechnet. Ich meine, Ihnen muß fürchterlich langweilig sein.

– Sie irren sich, Herr Kreuzer. Ich würde meinen Tag auf dreißig, vierzig Stunden aufstocken, und das, obwohl ich pro Nacht nicht mehr als fünf Stunden schlafe. Daß ich in dieser Gegend unterwegs bin, liegt, vermute ich, an den Defekten meiner Kindheit. Sie müssen wissen, ich stehe seit jeher auf der Seite von Captain Hook.

Schiffschaukelnd, das könnte Jonas sagen. Er sagt es aber nicht. Er sagt: Sie entern Männer, bringen Geld auf.

Ira Constantin lächelt, ein amüsiertes, zugleich distanziertes Lächeln: Mein Lieber, das sind Geisterschiffe. Davon habe ich Flotten und folglich Besseres zu tun. Auch Besseres zu wünschen. Also geben Sie sich einen Ruck und steigen Sie schon ein.

– Wie käme ich dazu. Sie legen mich in Ketten, Unterdeck, bei dem vielen Rouge weiß man nie.

– Da machen Sie sich keine Sorgen. Als Frau bin ich normal, meistens unterwegs in die Mission, vor Liebe immer und immerhin auf einem Auge blind, auch deshalb Passagier wie jeder. Sagen Sie selbst: Wer kann sich auf diesem Meer orientieren? In dieser Pfütze?

Wer auch immer. Jonas klettert in den Wagen. Er macht es sich im Beifahrersitz bequem. Er beschnuppert das Interieur, das Rindsleder, die Edelhölzer, beschnuppert Ira Constantin, die einen Geruch ausstrahlt, als köchelte ihre Schminke auf kleiner Flamme, ihr Parfum, als röche beides vielleicht auch abgestanden süßlich. Sie lächelt, sie lustert ihn an, ein Feuerfresserblick, dabei dem Hund, der vom Rücksitz knurrt, den Nacken kraulend. Sie kuppelt, tritt aufs Gas. Dann streckt sich der hochgespitzte Kühler dem Ende der Straße entgegen.

– Eigentlich müßten Sie längst einen Sonnenstich haben, Herr Kreuzer. Das Motorrad liegt ein schönes Stück hinter uns. Wie dumm von Ihnen, blind drauflos zustürmen, bis Ihnen der Sprit ausgeht. Ich habe Ihnen schon in der Früh gesagt, was sich zwangsläufig erwiesen hat, daß alles immer dasselbe ist und die Welt ein subtiles Gleichnis und daß Sie klug sein müssen oder sein hätten müssen. Sich innerhalb der Gegebenheiten zu organisieren, egal, zu welchem Zweck, sich Regeln zunutze zu machen anstatt notorisch gegen sie zu verstoßen, ist für einen wie Sie leider die Möglichkeit, die am Ende meistens unbedacht geblieben ist.

Antwort erübrigt sich. Schmollend zielt Jonas mit dem Geigenkoffer auf die Frau, die sich zur Aufgabe gesetzt hat, ihm das Reich der guten Ratschläge zu erschließen, schlimmer, die mit allen Fingern genüßlich in seinen Wunden bohrt. Warum hakt sie ihre Enterhaken an seinen Schlüsselbeinen ein, unmittelbar über dem Herz? Warum schwingt sie sich, mit einem Messer zwischen den Zähnen, scharfzüngig, in sein Leben? Warum läßt sie sich gleichzeitig dazu herab, ihre Hand über ihn zu halten, über sein schweißgetränktes Haar, sein durstiges, strähniges, verklebtes Haar? Was hat sie zu gewinnen?

Immer Fragen. Fragen. Jonas lehnt sich gleichgültig in die Ecke. Er dreht das Gesicht dem Fenster zu, von einer prickelnden Müdigkeit umfangen, einer Benommenheit überlassen, die seinen Körper in Facetten auflöst. Alle Zellen vibrieren. Seine Ohren kehren sich allmählich nach innen, bis von der Außenwelt nur mehr ein peripherer Rest durch das Blutrauschen schimmert. Die Stimme Ira Constantins. Schon wieder sie: Benzingeruch mache sie nervös, aus mehrerlei Gründen. Sie liebe das Abenteuerliche, aber nicht das Gefährliche. Ein Teil ihres Geldes stecke in der

Entwicklung eines Eau de toilette ROZ 91. Dem Duft der Zukunft. Sie habe sich das Patent gesichert, und ihre Erben würden unermeßlich reich sein, irgendwann in hundert Jahren, wenn körperliche Arbeit etwas vollends Romantisches geworden und Benzin abgeschafft sei. Ein schrecklicher Gedanke, echte Männer aus dem Waschbeutel. Aber das seien einmal die Zeiten.

Jonas setzt sich ruckartig auf. Er streckt den Rücken durch. Er pfeift ein paar Takte, um die *echten Männer* zu verscheuchen. Wie zum Hohn gegen sich selbst stößt er erneut auf, diesen Benzindampf, diesen schalen Geschmack des Scheiterns, den Geruch der falschen Richtung, die er irgendwann eingeschlagen hat. Unwillkürlich schaut er nach der Tankstelle aus. Wendet sich von der ausgebrannten Landschaft resigniert wieder ab. Iras Augen funken, verwirrend in ihrer Maßlosigkeit, und alle Handgriffe, die Ira beim Fahren ausführt, gleichen Kabinettstücken, grad so, als könne diese Leichtigkeit die schroffen Gesten der Annäherung wieder in Frage stellen.

Sie sagt: Ich habe übers Autotelefon in die Wege geleitet, daß das Motorrad in die Werkstatt gebracht wird. Dort soll man den Schaden am Beiboot lackieren, damit es morgen dem Brautpaar überstellt werden kann. Die beiden wollten nach Paris. Dann die vielen Tränen. Von einer Anzeige sehen sie gottlob ab. Man muß mal fünf gerade sein lassen, zumal wenn sich dadurch die Flitterwochen um eine Woche verlängern. Ich kann Ihnen nicht illustrieren, wie sehr mir diese Frau leid getan hat. Sie hat beim Heulen den Mund so weit aufgerissen, daß ich gar nicht mehr wußte, was das für Gefühle sind, die mich überlaufen. Das war auch wirklich, ich meine, ausgerechnet am Hochzeitstag. Was haben Sie sich bloß gedacht? Da spart man auf ein, zwei Stunden Glück und schlägt die allerbedrohlichsten Statistiken in den

Wind. Und dann das. Ein Segen, daß ich eine kleine Wohnung an der Place Vendôme besitze, die immer leersteht. Mein verstorbener Mann und ich haben in Venedig in der Kirche San Michele geheiratet und die Flitterwochen an Ort und Stelle verbracht. Winter in Venedig. Damals glaubte ich an die Ewigkeit. Jetzt ist Constantin tot. Was soll ich noch sagen? ... Das mit Ihrem Mädchen tut mir selbstverständlich leid. Aber was hat schon Bestand? Die natürliche Fallsucht, nicht der Aktien, die steigen, von Liebesangelegenheiten, Herr Kreuzer.

– Was in Dreiteufelsnamen! (Der Hund kläfft.) Aber lassen wir das. (Jonas fällt ebenfalls, aber zurück in den Sitz.) Ich beklage mich nicht. Im Gegenteil. Ich bedanke mich für Ihre Fürsorglichkeit, vielen Dank, denn daß alles schlimmer kommen könnte, leuchtet mir ein. Ich muß zufrieden sein. Von heute an werde ich wieder auf dem Bauch schlafen, ohne mich in den Zipfel der Decke zu verkrallen. Ist Ihnen schon einmal aufgefallen, daß alle Frauen mit einem Zipfel der Decke zwischen den Fingern schlafen, damit sie sich in aller Ruhe drehen und wenden können, wie ihnen der Kopf steht?

– Einer Frau bietet sich wenig Gelegenheit, das festzustellen.

– Aber es ist so.

– Dann nutzen Sie die Freiheit, sagt Ira Constantin, sich gründlich auszuschlafen. Die Schlaflosigkeit kommt mit der Nachhut. Das ganze Elend. Ich kenne es. Es kommt am Mittwoch oder am Wochenende. Sie werden sich bei ihm erkundigen, wie lange es zu bleiben beabsichtige, wie in *Key West* der Besitzer des abgelegenen Hotels Humphrey Bogart fragt: Eine Stunde, wird es antworten. Aber die Umstände werden es erfordern, daß das Elend seine Weiterreise verschiebt.

Jonas stemmt nervös einen Schuh gegen die Verschalung des Airbags. Obwohl es ihm in solchen Geschichten an Erfahrung fehlt, vermutet er, daß Ira Constantin recht hat. Womöglich sind seine Gefühle normal, diese momentane Abgestumpftheit. Aber Ira Constantin reizt seinen Widerspruch, nicht nur, weil sie ist, wie sie ist, sondern auch, weil er ständig Vorstellungen entwirft, in denen sie die allernächste Zuflucht vor Ann sein kann. Ihm läuft ein Schauder über den Rücken. Sich das antun. Er ist nahe daran, es zu wollen, und überspielt ihre Warnung, gibt sich ungerührt, fast verächtlich, damit das Maß an Distanz, die er irgendwem zu schulden glaubt, erhalten bleibt. Das arme Elend werde die drei Treppen ganz umsonst hochsteigen, weil er, Jonas Kreuzer, bis Mittwoch seine Adresse gewechselt habe. Jonas Kreuzer könne überall leben. Er müsse nur den Mut finden, aufzubrechen. Dann lege er einen Zettel und Geld unter den Schuhabstreifer, tut mir leid, liebes Elend, daß wir uns verfehlt haben, nimm dir ein Hotelzimmer und bleib in der Stadt, du wirst sehen, sie ist wie geschaffen für dich.

Schön gesagt, Ira Constantin zwinkert, der festen Überzeugung, daß man an den Schuhen mitnimmt, wovor man davonrennt: Das ist das Tragische, das uns alle verbindet. Nehmen Sie mich. Ich bin mit schiefen Absätzen groß geworden. Ich laufe schon mein ganzes Leben lang und bin immer noch ich. Wie sollte es irgendwem besser ergehen?

Jonas gibt keine Antwort. Nach einiger Zeit schüttelt er den Kopf, als wolle er sich Iras Reden aus den Ohren beuteln. Er schaut sie an, schaut vielmehr zu ihr hin. Sie gibt sich weiterhin gelöst, drosselt vorübergehend die Geschwindigkeit und beugt sich zu ihm her, öffnet mit einem Seufzer nachsichtiger Unzufriedenheit die Klappe über seinen Knien, befördert eine mit 5-cl.-Miniaturen ausgestattete Bar ans Tageslicht. Sie sagt, ein wenig fühle sie sich schuldig, daß Jonas' Angelegenheiten in Unordnung geraten seien. Leider Gottes sei es aber so, daß es wenig Sinn ergebe, die Spritze auffahren zu lassen, wenn das Haus bis auf die Grundmauern abgebrannt sei. Wenigstens zu dem Bild wolle sie ihm wieder verhelfen.

Iras Gesicht nimmt einen weichen Ton an. Sie redet nicht ohne Herzlichkeit. Trotzdem kann sich Jonas des Verdachts nicht erwehren, sie trage die Regung von Bedauern und alles Liebenswerte an ihr (sich von dem Übel ablenken zu müssen, sie selber zu sein) wie ihre falschen Wimpern, wie Masken der neun Gefühle, die sie bis unter die Haut verinnerlicht hat. Jonas fühlt sich in eine raffinierte Komödie verstrickt. Oder die Komödie ist schmierig und dumm. Und die groben oder subtilen Scherze gehen alle auf seine Kosten. Sein Unbehagen, das diesen Eindruck begleitet, ist so unbestimmt wie bedrückend. Er fühlt sich an Schnüren bewegt. Seine Verlassenheit wird durch Ira Constantins Zuneigung (und sei sie noch so sanft, wenn der Wagen eine Kurve nimmt) nur vergrößert.

Dieses verfluchte Bild könne ihm dreimal gestohlen bleiben. Wenn Ann-Kathrin glaube, es verkaufen zu müssen, solle sie das tun. Und wenn sie, Ira Constantin, glaube, ihm, Jonas, einen Gefallen zu tun, indem sie ihn in das Gerangel hineinziehe, bedauere er das ihretwegen. Er selber wolle bloß seine Ruhe und einen Whisky. Oh, don't ask why.

Das Whiskyglas beschlägt sich. Der Wagen gleitet mit 120 Sachen zielstrebig der Stadt entgegen. Ein Kilometer dauert fünf, sechs Atemzüge über singenden Asphalt. Jonas ist müde, erledigt. Er nutzt den Fensterplatz auf die Welt, um mit Nebelflecken in den Augen durch die getönte Scheibe zu schauen, auf eine Straßensperre, die der Wagen ungehindert passiert. Er denkt an gar nichts. Er folgt den Fragezeichen, die die Straße nimmt. Einmal rumpelt der Wagen.

– Vermutlich ein Hase, sagt Ira Constantin.

Endlich schläft er ein.

20 Obwohl Jonas keinen Hunger verspürt, gibt er der Einladung zum Abendessen, ganz unformell, sagt Ira Constantin, nach, zwar nicht bedenkenlos, aber doch ohne Zögern. Eine kluge Entscheidung, Herr Kreuzer. Denn aus der Nähe betrachtet verfügt er über zuviel Zeit für nichts. Zu Hause erwartet ihn niemand, und letztlich erscheint es ihm nicht ratsam, die Flasche Tullamore, die er für Notfälle im Badezimmer bei den Spraydosen und Farben verwahrt, durch gähnend leeres Gedärm zu schicken. Wenigstens zu einem Happen von dem versprochenen Pilzgericht, das ihm Ira Constantin als leichtverdaulich angepriesen hat, will er sich zwingen, und folgt ihr die Treppe hoch zum Portal, das sich öffnet, sowie sie die oberste Stufe erreichen. Ira Constantin hält Jonas mit einer Handgeste zum Eintreten an und reicht dem hinter der Tür wartenden Hausdiener den Hut.

Mit dem Betreten der Eingangshalle macht sich Jonas schmal. Er spürt in kurzen Anfällen von Unbehagen, daß er sich nicht richtig hält, falsch geht und das falsche Gesicht macht, daß seine Hände ohne Hosentaschen hilflos sind, daß sie sich am liebsten entschuldigen würden für ihre Gegenwart. Mechanisch versucht Jonas, sein Unbehagen zu überspielen. Er hüllt sich in einen Seufzer des Staunens und dreht sich, den Kopf im Nacken, um die eigene Achse.

Die spätnachmittägliche Sonne fällt schräg durch ein Glasmosaik über dem Portal. Das Licht streift in der Mitte der Halle eine gut drei Meter hohe Leiter, von der aus ein Mädchen mit einer weißen Schleife im Rücken die Kristalle des Kronleuchters poliert, wirft dann Farben von kaleidoskophafter Transparenz an eine Holzwand mit dem Portrait eines älteren Mannes. Von der Unterkante des massiv gerahmten Bilds ergießt sich das Licht träge, fast gallertig über eine Kommode, die unmittelbar unter dem Bild steht. Eine Glasvase mit gelben Plastiktulpen steht ebenso in einer Pfütze dieses Lichts wie die breithüftige Urne mit der Asche Constantin Constantins, Eisenbahnmagnat, gewerbsmäßiger Gleisverleger und Richtungspedant, der, vor vielleicht fünf Jahren, mit der Bruchlandung eines Sportflugzeugs seine letzte Schlagzeile machte.

Ira Constantin hält auf die Leiter in der Mitte der Halle zu. Sie setzt einen Schuh auf die unterste Sprosse, woraufhin das Mädchen grüßt, ohne von seiner Beschäftigung abzusetzen.

– Patrizia, der junge Mann hat ein Bad nötig. Zuvor müssen seine Wunden versorgt werden. Das Übliche.

Das Mädchen steigt vorsichtig von der Leiter, jeden Tritt bedächtig setzend. Sie richtet, unten angelangt, die Rüschenschürze zurecht, während Ira Constantin am Kragen des Kleids herumfummelt und Schuppen bemäkelt. Das Mädchen ignoriert die Beanstandung. Sie macht ein Zeichen, daß Jonas mitkommen solle, und steigt den Treppenaufgang hoch, der zu beiden Seiten eines verglasten Hausaufzugs zu einer U-förmigen Galerie führt. In dem Moment, als Jonas den unteren Treppenabsatz erreicht und sich Ira Constantins Schritte soeben klickernd aus der Halle entfernen, um Sekunden später einen Teppich zu erreichen, der das Klickern erstickt, dreht sich das Mädchen mit der Frage um, ob das Ira Constantin war, die ihn so zugerichtet habe. Das Mädchen zwinkert: Dacht ich's mir. Madame macht es immer, als würde hinterher der Knauf zur Tür ihrer Ekstase abmontiert.

Patrizia legt eine Pause ein, vermutlich, um ihre hochnäsige Koketterie mit einem Entlassungsgrund wirken zu lassen. Sie begegnet Jonas mit einem prüfenden Blick. Er hält dem Blick nicht stand. Seine schmutzigen Schuhe betrachtend, stellt er fest, daß sein Unbehagen, in diesem Haus zu sein, durch die Vertraulichkeit des Mädchens nicht gemildert, sondern zusätzlich verstärkt wird, grad so, als hätte er soeben ein weiteres irisierendes Teil aus Ira Constantins Verkleidung entdeckt.

Alles Tricks.

Er schneuzt sich in den Ärmel des T-Shirts.

Aber das Mädchen fährt unbeeindruckt fort: Ich nehme an, Sie sind mit dem Mann bekannt, der uns vorige Woche seine Aufwartung gemacht hat. Ein Mann in Ihrem Alter, dem seine Neigung auf fünfzig Meter anzusehen ist. Schwaches Kinn, Wellen im Haar, violetter Pelzkragen an der Jacke.

– Ach ja?

– Sie kennen ihn? Dann hat er Ihnen bestimmt erzählt, weshalb ihn Ira Constantin hinausgeworfen hat.

– Hat sie das?

– Selbstverständlich. Was muß der Kerl eine halbe Stunde nackt zwischen dem Telefon in der Halle und dem Gästezimmer hin und her stolzieren. Logisch, daß ihm irgendwann Ellen begegnet.

– Ellen?

– Die Tochter von … Das Mädchen vollführt mit dem Kopf eine Bewegung, die nach hinten weist, und erklimmt den oberen Treppenabsatz, indem sie den Satz beendet: Die jüngste Tochter unserer Madame … Wenn Sie mich fragen, hat Madame deshalb ein Faible für Männer wie Sie, weil sie im Grunde keine Männer mag oder Angst hat, nicht geliebt zu werden.

– Wie viele Töchter hat Frau Constantin?

– Du liebes bißchen. Woher soll ich das wissen? Ich bin hier nur das Hausmädchen.

Zur Galerie, die die Halle zu drei Seiten umgibt, öffnet sich ein halbes Dutzend weit auseinanderliegender Türen. Dazwischen hängen Bilder aus mehreren Jahrhunderten, die einem flüchtigen Blick nach nichts gemeinsam haben, keinen Schmerz und keine Ironie. Abwartend, mit seinen beschäftigungslosen, klassenbewußten? und blumengemusterten Händen dort, wo sie sich aufgehoben fühlen, in den Hosentaschen, folgt Jonas dem Mädchen nach rechts, dort zur zweiten Tür, hinein ins Badezimmer, das standesgemäß ist. Die Wände sind mit bunten Steinen ausgelegt, japanische Szenen, ärmliche Bambushütten, Kraniche.

Patrizia öffnet ein Fach über einem steinernen Waschbecken, in das ständig kaltes Wasser fließt, dreht die darin befindlichen Hähne auf. Wasser beginnt in eine runde Badewanne zu sprudeln.

Ob er nicht die Hände aus den Hosentaschen nehmen wolle?

Doch Jonas hat beschlossen, sich zu sträuben. Er mag es nicht, wenn man ihn zum Narren hält, und hat es obendrein satt, immer gebadet zu werden, wenn er in einen neuen Lebensabschnitt tritt. Ann-Kathrin war auf exakt die gleiche Idee verfallen, als er bei ihr eingezogen war. Er sagt, Seife und Handtuch reichten vollauf. Das Mädchen deutet zum Spiegel. Jonas' Augen folgen der Geste. Man sieht noch immer den Wind in den Haaren. Der Staub hat das Gesicht graubraun eingefärbt. Der Bereich um die Augen, der von der Brille geschützt war, kontrastiert mit einem hellen Bronze. Die Wange ist blutverkrustet. Die Hände sind schmutzig. Und vermutlich riecht er nicht besser, als er aussieht, nach Schweiß und Benzin. Dennoch neigt er dazu, nichts zu verändern, alles das beizubehalten, was er glaubt statt Ann-Kathrin lieben zu können, den Schmutz, der ihm ermöglicht, sich mit anderen Augen zu betrachten, den Geruch, ein Zeichen seiner wiedergewonnenen Unabhängigkeit, die kleinen Wunden eines Tages, der in der Hälfte bereits länger erscheint als drei volle Jahre, die punctum vergangen sind. Er knurrt mürrisch, indem er sich wieder Patrizia zuwendet. Er schürzt die Unterlippe. Ein Erfahrungswert, den ihm lange Jahre mit auf den Weg gegeben haben, sagt ihm, daß sich in der Mitte seines Kinns soeben ein widerspenstiges Grübchen gebildet hat, das Grübchen, das Ann zum Lachen brachte, früher, wenn sie drauf und dran waren, sich zu streiten. Später hat auch das Grübchen nichts mehr genützt. Er beißt auf die Zähne. Im Wissen, daß seine Weigerung, zu tun, was andere von ihm verlangen, nur typisch wäre, reibt er sich mit Spucke einen sauberen Fleck in die Wange: Sei's drum, sagt er, soll der verdammte Tag auch in dieser Wanne ankern. Aber kalt, ich will das Wasser kalt, denn wenn es heiß ist, brauche ich jemanden, der mir den Rücken kratzt. Und wehe, dieses Zeug brennt in den Augen.

Patrizia, die gerade Badesalze und farbige Essenzen ins Wasser streut, schüttet, träufelt, lächelt ihn an: In diesem Haus verfügt jedes Zimmer über einen Feuerlöscher. Unter dem Waschbecken zum Beispiel. Sie müssen nur die geflieste Schranktür öffnen und ihn herausnehmen. Sie legt Seife zurecht, Handtücher und kleines Verbandszeug. Er könne sich selber verarzten. Das Becken füllt sich. Schaumberge türmen sich unter Dampfschwaden auf, die bestimmt nicht auf die Kälte des Wassers zurückzuführen sind.

Als Jonas gerade beim Ausziehen ist, tappt Patrizia nach einer kurzen Abwesenheit wieder zur Tür herein. Er ist nahe daran, das Mädchen zu fragen, wie sie es schafft, daß die Arbeit in diesem Haus nicht auf ihre Manieren schlägt. Er selber hat sich der Dumpfheit der Schilderfabrik nie recht entziehen können und wäre froh um jeden brauchbaren Tip – für seinen nächsten Job. Doch Patrizia, ein Tablett mit einem halbvollen Glas und einer Flasche Orangensaft in Händen, stolziert auf eine herausfordernd selbstverständliche Art an ihm vorbei, um das Tablett auf eine Anrichte neben der Wanne zu stellen, daß Jonas es vorzieht, von einer Bemerkung abzusehen. Das Mädchen klaubt seine achtlos verstreuten Kleider, die sie in Ordnung bringen will, vom Boden auf. Entleert sie: Schlüssel, Feuerzeug und Zigaretten, die verbliebene Postkarte, Verbier/Schweiz. Sie legt alles sorgfältig auf einen Schemel und sagt, daß das Rauchen im Haus ausnahmslos verboten sei wegen der Rauchmelder und Sprenkelanlagen an den Decken und daß ihr die Tätowierung auf seinem rechten Schulterblatt gefalle. Das Kaninchen, das mit Schlappohren über den Rand eines kopfstehenden Zylinders schaut.

Patrizia streicht mit einem Finger vorsichtig über die eingefärbte Haut. Jonas widerstrebt es, berührt zu werden. Er ist froh, daß Patrizia die Hand nach zwei Sekunden wieder zurückzieht. Zum ersten Mal seit dem Morgen möchte er weinen.

– Die Haut ist ganz glatt, man fühlt nichts, verwundert sich das Mädchen.

Jonas erklärt ihr, ausführlich, gegen seine Gefühle anredend, daß die Poren beim Stechen zerstört würden, weshalb tätowierte Haut kälter sei als andere.

Ob er nur das eine Bild besitze?

– Nur das eine, lügt er.

Dann verläßt Patrizia den Raum mit seinen verschmutzten Kleidern, und Jonas erinnert sich, daß sich Ann-Kathrin, die dieselbe Zeichnung in der Achselhöhle trägt, anfangs jede Woche das Achselhaar rasierte. Später ließ sie das Haar wieder wachsen, ihr Kaninchen verwilderte, wurde scheu, bis es kaum mehr auszumachen war. Der Zauberwald wurde düster, finster. Wenn man hineinging, mußte man ein Lied pfeifen, um sich die alte Fröhlichkeit vorzugaukeln. Vergangene Woche, nachdem Jonas Ann-Kathrins Scham gestutzt hatte, bot er ihr an, mit den Achselhöhlen fortzufahren. Aber sie stellte sich taub.

Als Jonas wieder zur Besinnung kommt, ist das Wasser kalt. Gänsehaut hat sich auf seinen Armen gebildet. Seine Kleider liegen fein säuberlich, wo zuvor das Tablett war. Er gähnt. Er knurrt verschlafen. Dann taucht er ein letztes Mal mit dem Kopf unter Wasser, um anschließend hochzukommen, sich abzuduschen.

Ein kurzer Blick durch das Fenster verrät ihm, daß der Sommertag schön langsam durchrostet. Das Reifenprofil des gleichmäßig violetten Abendlichts ist abgefahren und findet an den Dingen keine Haftung mehr. Die Windschutzscheibe trübt sich. Eine graublaue Wolkenbank, ein Gegenhimmel, der einen heißen Tag lang Zeit hatte, sich zu verproviantieren, schiebt das Wrack Richtung Schrottplatz. Die Stimmung ist gewittrig.

21 Angezogen, in seinen instand gesetzten Kleidern, die überdeutlich und fremd nach heiligen Zeiten riechen, tritt Jonas auf die Galerie. Noch ehe er zu einem Entschluß kommt, wohin er sich wenden soll, öffnet sich eine Tür, die Tür links vom Badezimmer. Fernsehgeräusche verschaffen sich Raum, breiten sich mit grotesken Stimmen und einer Lachspur in der Halle aus. Ein etwa siebenjähriges Mädchen folgt den Geräuschen, bleibt am Türrahmen zurück. Sie ist barfuß, in weißen Jeans, in einem violetten kragenlosen T-Shirt.

– Ich heiße Klara. Und du?

– Jonas, sagt Jonas.

– Gehörst du Ira, Jonas? fragt Klara.

– Ich gehöre nicht Ira.

– Aber Ira hat dich mitgebracht. Alle Männer, die Ira mitbringt, gehören ihr.

Das Mädchen mustert Jonas eingehend. Unvermittelt hellt sich ihre Miene auf: Ich kenne dich vom Fernsehen. Du hast dort gesungen, mit dieser Jacke, braunen Haaren, Brille und Bart. Sie dreht grübelnd die Augen nach innen. Sie trällert laut.

– *Lucy in the Sky*, läßt sich Ira Constantin aus der Eingangshalle verlauten. Sie steigt die Treppe hoch: Dann behauptet Ellen, Lucy zu heißen? Das hatten wir doch unlängst, Ellen?

– Ich heiße Klara, sagt Klara.

– Und wie hast du gestern geheißen? fragt Ira.

– Agnes, sagt Klara.

– Sie müssen wissen, Herr Kreuzer, Ellen mag Ihren Namen nicht. Keine Ahnung, weshalb. Sie mag überhaupt keinen Namen länger als eine Woche.

Ira Constantin eskortiert das zuletzt Gesagte mit einem verständnislosen Lächeln. Sie plaudert eine Weile von Gleichgültigem und nicht von dem, was ihr auf der Zunge brennt, vom Verschwinden des Rauchenden Mädchens, desjenigen Faktors, der die Geschichte unterhaltsam macht, wert, in ihr mitzuspielen in der Bereitschaft, für den Genuß und letztlich das Bild sehr viel zu bezahlen aus dem Wissen heraus, daß man das Leben nur dann genießen kann, wenn man gewillt ist, nicht zu rechnen. Auch nicht am Rande der Lächerlichkeit.

Oder täuscht sie sich in ihrem Gegenüber? Spielt Jonas Kreuzer mit derselben Leidenschaft? Versteht er es wider Erwarten, den Faden in der Hand zu halten, wenn auch nur vorübergehend? Weiß er am Ende, daß seine Chance am besten steht, wenn er spielt anstatt mit sich spielen zu lassen?

Ira Constantin ist sich ihrer Sache unsicher. Vermutlich, denkt sie, denken sie und Jonas aneinander vorbei, vermutlich mehr er an ihr, als sie an ihm, weil sie einander doch ähnlich sind. Denkt sie. Und sie fühlt sich auf eine diffuse, beklemmende Art unverstanden. Sie möchte alles erklären, nur so, als ob es noch Selbstverständlichkeiten gäbe. Statt dessen sagt sie: In einer Viertelstunde gibt es Abendessen. Vergiß nicht, vorher aufs Klo zu gehen, Ellen.

– Ich habe keinen Hunger, sagt Klara.

– Dann gibt es auch keinen Nachtisch.

Klara: Will ich ohnehin keinen.

Ira Constantin geht davon. Klara lotst Jonas in ihr Zimmer, setzt sich auf den Fußboden und schaut in den Fernseher, in dem jetzt Nachrichten laufen. Auf Korsika brennen großflächig Zypressenwälder. Auf dem Peloponnes Eukalypten. An der Côte d'Azur die Pinien. Alle verfügbaren Hubschrauber fliegen unablässig Einsätze, während Legionen von Feuerwehrleuten mit Löschfahrzeugen, Motorsägen und Schaufelbaggern das Vordringen der Flammen in bewohntes Gebiet bekämpfen. Eine erkleckliche Anzahl aus ihren Reihen befindet sich im Krankenhaus. Ein französischer Major berichtet von ständig wechselnden Winden, die das Eindämmen des Feuersturms erschweren, von Gegenfeuern, die Spezialisten legen, um das Inferno unter Kontrolle zu bringen. Trotz der zahlreich auftretenden Komplikationen zeigt er sich zuversichtlich, daß man die Oberhand behalte, und grüßt seine Frau.

Derweil die Nachrichtensprecherin grausame Hitzeverbrechen meldet, holt Jonas seine letzte Zigarette hervor. Er dreht sie zwischen den Fingern. Er hantiert wegen des generellen Rauchverbots im Haus an ihr herum, bis er sie wegschmeißen kann. Er steckt sie in die leere Schachtel zurück. Dann legt er sich mit im Nacken verschränkten Händen auf Klaras Bett, ein schmales Futonbett mit umlaufendem Falz, der das Einstecken von Rückenlehnen und Ablageflächen ermöglicht.

Auf dem Bettbezug vollführen bunte Hampelmänner mit elektrisierten Frisuren, die kronenförmig in Zacken hochstehen, Verrenkungen. Jonas denkt an Nero, den Kaiser mit den Koteletten und dem roten Bart. Hatte er einen roten Bart, oder bildet sich Jonas das lediglich ein? Was weiß man eigentlich? Wie wenig? Und das wenige ist beliebig, zur Hälfte vielleicht Wahrheit, zur Hälfte auch wieder Lüge, wie dieser unausrottbare Irrtum, daß Nero gesungen habe, während Rom oder eigentlich ein Bruchteil der Stadt, ein Achtel, ein Zehntel, in Schutt und Asche fiel?

Der häßliche Rotbart. Der Feuerbart. Der schlechte Sänger, der mittelmäßige Dichter. Nero, der das Dilettieren zur

Kunst erhoben hatte – vielleicht hätte er sogar gesungen, wenn es ihm nur eingefallen wäre.

Jonas schließt die Augen. Nach einer Weile fragt er Klara, was sie einem Mädchen sagen würde, wenn es nichts mehr zu sagen gäbe.

Klara schaut verwundert, lauscht auf den angerissenen Leierpsalm einer Mücke, die auf einer Girlandenbahn durchs Zimmer tanzt: Nichts, sagt sie.

– Glaubst du, fragt er, daß das Mädchen versteht, was gemeint ist, wenn ich nichts sage?

Klara nickt.

– Und was würdest du tun, wenn es nichts mehr zu tun gäbe?

– Auch nichts. Vielleicht zeichnen, Wolken, die spazierenfahren.

– Ist das die Lösung meines Problems?

– Von welchem Problem? Du wirst hoffentlich kein Problem haben? Wenn du eins hast, solltest du Ira um Rat fragen, sie weiß auf alles eine Antwort.

Klara tritt zum Fenster, das auf Südwesten geht. Jonas richtet sich auf, folgt ihr mit den Augen. Er wuchtet sich hoch, sowie er den Fensterausschnitt mit einem knappen Blick erfaßt hat. Klara redet von Wolken, die spazierenfahren. Doch was vor einer halben Stunde nach einem gewittrigen Zwischenspiel aussah, hat sich inzwischen zu einem Unwetter ausgewachsen, das mit einem kräftigen Wind heraufzieht. Der Windsack am Hubschrauberlandeplatz im Garten zeigt waagrecht nach Osten. Manchmal erschlafft er für einen Augenblick, wird plötzlich von einer Böe erfaßt, worauf das Schnallen von schlagendem Stoff durch ein gekipptes Fenster dringt.

– Das wird noch was abgeben, sagt er.

– Und der Blitz schlägt den Häusern die Köpfe ein.

– Oder er färbt ihnen die Haare feuerrot.

– In Ira hat der Blitz eingeschlagen. Ira hat in jedem Zimmer einen Feuerlöscher. In jeder Truhe. An jeder Decke sind hochempfindliche Sprenkler, weshalb die Anlage dauernd abgestellt werden muß, an meinem Geburtstag, wenn Kerzen auf dem Kuchen sind, zu Weihnachten, zum Flambieren. Eigentlich ständig.

In einer Lücke über den westlichen Ausläufern der Stadt versucht die Sonne ein letztes Mal, auf die Beine zu kommen. Ein Donner rollt. Die Wolkenbank schließt sich endgültig. Doch halt! Ein Jumbo im Landeanflug schlüpft durch einen Spalt, erzeugt ein Geräusch, hohl, fern, als würde ein Stein über den eisengrau verhangenen Himmel gescheuert. Wieder ein Donnerrollen.

Jonas weiß, daß es höchste Zeit ist, sich auf den Weg zu machen, vorausgesetzt, daß er trocken nach Hause gelangen will. Jetzt brennt ihm der Hut. Das Risiko, länger in diesem Haus zu bleiben, will er nicht tragen. Rasch sprüht er mit roter Farbe seine, eigentlich Anns Telefonnummer auf die Tapete. Eine Minute später überquert er mit dem Geigenkoffer unterm Arm den geschotterten und sauber geharkten Vorplatz. Er rennt über Ira Constantins täglich genetzten, tiefgrünen Rasen hinunter zum Tor, das seine Schwingen spreizt, sowie sich Jonas auf zwanzig Meter genähert hat. Wie konnte all das geschehen? fragt er sich, sich nach der Anonymität sehnend, die einem der Regen verschafft, sehr starker Regen. Schon bläst der Wind böig. Stoßweise erreicht er Stärken, die auf einen Gewittersturm hindeuten. Morsche Zweige und Rindenstücke aus den Blumenbeeten wirbeln durch die Luft.

Das Tor schließt sich knirschend. Jonas blickt um sich. Von dem Tuffsteinhaus ist hinter den Bäumen nur stellenweise ein undeutliches Rosa zu erkennen, eigentlich kein

Rosa mehr in dem unnatürlich anmutenden Licht. Laub kreiselt in Spiralen. Braune, vom Wind aufgeblasene Papiertüten, zerrissene Brieflose und Verpackungsmaterial von Stieleis treiben die Straße hoch, überholen eine Frau, die sich mit flatternden Haarsträhnen, die der Wind aus dem Knoten an ihrem Hinterkopf gezerrt hat, nach Hause gängeln läßt. Ein Blitz, ein Rufzeichen hinter das, was war. Dann poltert ein plötzlich ganz nahes Donnern herab, daß es sich anhört, als klopfe der Himmel mit einem Besenstiel gegen die Stadt. Der Boden vibriert. Ringsum lösen sich die Alarmanlagen der teuren Autos, erleichtern sich, spaßeshalber, ein orchestrales Durcheinander aus Sirenentönen. Die Hochhäuser in der City, die Riesen mit den Fassadenheizungen an den sonnabgewandten Seiten, damit sich die Mauern nicht verziehen, Jonas' geliebte Wolkenkratzer, sie schunkeln im Takt, wie betrunken, jetzt sieht er es deutlich, in einem grünlichen Licht.

Die ersten schweren Regentropfen zerplatzen auf den kupfernen Vordächern der umliegenden Villen. Einer trifft Jonas am Unterarm. Er stellt sich vor, daß Klara langsam die Hand hebt und für ein das Unwetter in Gang setzendes Schnipsen den Daumen hinter den Mittelfinger legt. Noch zaudert sie, um einer Hausfrau im Hinterhof eines Altbaus unten in der Stadt eine letzte Frist einzuräumen, damit sie die trockene Wäsche von der Leine zerren kann. – Etwas schneller! Auf das Lösen der Wäscheklammern werden Sie ausnahmsweise verzichten müssen.

22 Wohin das Bild geraten ist? Ich habe es genommen, als die Dame mit dem Hündchen Richtung Strand wackelte und ihr der Dicke folgte, um ihren Hintern zu bewundern. Das war der Moment. Ich habe nicht lange gefackelt. Das ist meine Art. Anschließend bin ich auf und davon, bevor jemand etwas merkte. Dabei war ich so und so ganz außer Atem, weil ich den Weg von der Gabelung, an der mich Samy rausgeschmissen hatte, bis zum Strandbad gelaufen, vielmehr gerannt war.

Die Beiwagenmaschine parkte unübersehbar beim Eingang. Samy war irgendwo in der Nähe. So viel stand fest. So wenig stand fest, da sich nicht annähernd vorhersagen ließ, wann er zurückkommen würde. Klar war lediglich, unter der Berücksichtigung, daß die Kasse nicht besetzt und die Kabinentür eingetreten war, daß er sich Schwierigkeiten aufgehalst hatte. Eigentlich ein Vorteil, weil in dem Fall Schwierigkeiten die Ereignisse nur beschleunigen konnten.

Um aus der Schußlinie zu sein, setzte ich mich mit dem Bild schräg vis-à-vis in eine Eisdiele. Dort gab es Tische im Freien. Etliche Sträucher verbargen den Garten vor der Straße, waren aber nicht allzu dicht, so daß ich gut hindurchsehen konnte.

Nach vielleicht fünf Minuten wurde Samy herausgetragen. Sah so aus, als ob sie ihm den Schädel eingeschlagen hätten. Ein Blonder warf ihm den Geigenkasten gegen die Brust. Samy fing ihn wie automatisch. Er richtete sich auf, stand eine Weile zwischen den Parkzeilen, bestaunt von den

Männern, als wäre er das Ei des Kolumbus, hartgesotten, immerhin, er konnte stehen, wackelig in den Knien, wie es den Anschein hatte, und verbissen, aber aufrecht.

Dann ging es drunter und drüber. Samy kletterte auf die Maschine und versuchte, einen der Männer, die ihn herausgetragen hatten, über den Haufen zu fahren. Nachdem ihm das nicht gelungen war, raste er davon, ohne daß sich mir die geringste Gelegenheit geboten hätte, mich ihm unauffällig bemerkbar zu machen.

Jetzt sitze ich im Bus nach Hause und rätsle, großkotzig über die letzte Bank gefläzt, das Bild quer über der Sitzreihe davor, was aus Samy geworden ist. Auf halbem Weg stand das Motorrad verlassen an der Straße. Sowie ich es entdeckt hatte, war ich zum Fahrer gelaufen, um Samy nicht übersehen zu können, falls er, wie ich vermutete, mittlerweile zu Fuß unterwegs war. Ich nagte an den Fingerknöcheln. Das Chassis des ausgebrannten Fiats, in dem vor gut einem Jahr zwei Engländerinnen ihre Leben gelassen hatten, war von einem Gewirr blitzend roter und gelber Linien überlaufen, die am Mittag noch nicht dagewesen waren. Nach Samy aber hielt ich vergeblich Ausschau. Ich mußte ihn verpaßt haben, verpaßt, verpaßt, zum Kuckuck. Was soll ich mit dem Bild? Ausgerechnet. Mit einem Bild. Zu nichts nütze. Ein verkommenes Luder. Sechzig mal neunzig. Die Signatur? Hoffnungslos kryptisch – ein Urteil, das nach zweieinhalb Jahren bei der Post einer Expertise gleichkommt: Unzustellbar wegen Unleserlichkeit.

Mit einigem guten Willen kann man die Goldene Ente auf eine romantische Weise schäbig nennen. Aber außer in Filmen ist Schäbigkeit nicht zu ertragen, schon gar nicht, wenn man darin leben muß und die Hintergründigkeit der Abgenutztheit inklusive aller Kaugummis kennt, die an den

Unterseiten der Tische kleben. Wenn man dieses Ambiente Tag für Tag zu sehen bekommt, entwickelt man einen ganz natürlichen Widerwillen dagegen. Irgendwann nimmt der Widerwille pathologische Züge an, und am Ende steht der Widerwille in keinem Verhältnis mehr zur Realität. Das habe ich längst durchschaut. Aber ich schaffe es nicht, Konsequenzen daraus zu ziehen. Für mich bleibt die Goldene Ente einer der Nägel am Kreuz, die halten. Deshalb versuche ich auch, meine Besuche im Erdgeschoß möglichst kurz zu gestalten. Gänzlich vermeiden lassen sie sich nicht, schon allein aufgrund der räumlichen Gegebenheiten, denn um nach oben in die Wohnung zu gelangen, muß man entweder durch den Gastraum oder durch die Küche.

Diesmal entscheide ich mich für den Umweg über den Garten und durch die Küche. Dort werde ich zwar mit dem Schlimmsten konfrontiert, dem Herd, dem Grill und der Beize aus Fritieröl an den Wänden. Aber ich will nicht, daß mich meine Mutter mit dem Bild sieht, und erspare mir dadurch immerhin das Zweitschlimmste, den Blick auf die schlafmützigen Gäste, die in ihre Gläser stieren und dabei unablässig mit den Köpfen wackeln, als bemühten sie sich um Synchronität mit dem Rumpeln der Eistruhe.

– Bist du's? ruft meine Mutter.

Ich stehe am Fuß der Treppe, die zur Wohnung hinaufführt, und stelle fest, daß die lautlos auf Zehenspitzen schleichende Kunstdiebin, die beiwagenfahrende Verbrecherbraut und das übermütige Sommerliebchen, das ich eben noch war, auf einen Schlag verschwunden sind. Ich stehe ganz allein da. Meine Mutter ruft mich erneut, diesmal bei meinem Namen, worauf ich, ein wenig mißmutig, in den Durchgang zum Schankraum trete.

Alle Tische sind leer. Meine Mutter sitzt, wie meistens, in ihrem Sessel rechts neben der Theke und hat einen dieser chinesischen Geisterromane im Schoß, die ihr eine Verwandte aus Hongkong schickt, Taschenbücher aus grauem Papier, die nach dem ersten Mal Lesen um die Hälfte dicker sind, weil sich die Seiten spreizen. Momentan vertreibt ihr ein armdicker Roman aus dem neunzehnten Jahrhundert die Zeit, von dem sie mir ständig Inhaltsangaben der einzelnen Kapitel verabreicht. Sie tut das, seit ich klein bin, täglich bedauernd, daß ich meine Muttersprache nur bruchstückhaft verstehe und sie überhaupt nicht lesen kann.

Also: Lin Tang sei soeben von der Nachbarin ihres neuen Liebhabers, Shion Feng-ming, beobachtet worden, wie sie sich am Hügelkamm oberhalb des Dorfes zur Füchsin verwandelt habe. Vermutlich habe die Nachbarin, eine Witwe, ernsthafte Absichten bei Shion Feng-ming und plane deshalb Böses. Bleibe zu hoffen, daß der Blitzgeist Fo, der noch immer in Lin Tangs Schuld stehe, die Witwe erschlage, ehe Lin Tangs Glück dahin sei.

– Fo wird ihr helfen, sage ich.

– Hoffen wir es. Denn eins ist gewiß, den neuerlichen Schlag, wenn sie Shion verlöre, würde Lin Tang nicht überstehen. Du weißt doch, daß sie seit dem verheerenden Unwetter in Kapitel elf schwanger ist?

– Du hast es mir vorgestern erzählt, sage ich.

– Ich wundere mich übrigens, daß du so zeitig zurück bist. Das kenne ich gar nicht an dir. Ich dachte, du wolltest zum Baden.

– Ein andermal, sage ich.

– Und das Paket? Ist es für uns?

– Nein, Mama, es ist irregelaufen. Keine Ahnung, wie das zugegangen ist. Ich bringe es morgen in die Stadt. Weisung von oben. Stell dir vor, ich habe einen Zettel in die Tür geklebt: Dienstlich verreist.

23 Jonas wacht mit Herzrasen auf. Schritte, die auf den Parkettboden schlagen, dringen abgedämpft an sein Ohr und lassen ihn stutzig aufhorchen, nachdem das Geräusch zuvor als Polizeibrigade, die ihn wegen seines Verkehrsschilderfrevels verfolgt, Eingang in seine Träume gefunden hat. Jonas ist schweißgebadet. Sein Rücken schmerzt. Er schmerzt, weil Jonas nicht die Courage aufgebracht hat, seiner Verlassenheit zu trotzen, sich dem Schlafzimmer und der damit verknüpften Ernüchterung zu stellen, einsam in dem großen Bett zu liegen. Das Knarren des Lattenrosts, wenn er sich von einer Seite auf die andere gedreht hätte, begleitet von einem losen Blech, das irgendwo in der Nachbarschaft im Wind sang, dieses Knarren und Singen und das Schweigen dazwischen hätten ihn nur noch einsamer gemacht.

Jonas zog es vor, mit dem Rücken an der Wand vor laufendem Fernseher auf den Schlaf zu warten, der lange nicht kam und dann mit jeder Menge Träume, die ihn allesamt stolpern, danebengreifen und scheitern ließen. Fortwährend schreckte er auf, voller Angst, und das Singen des losen Blechs in der Nachbarschaft klang mit jedem Mal wieder nach *Verschwinde hau schon ab du hast hier nichts mehr verloren.*

Die Schritte nähern sich. Dem Klang, den die Absätze beim Aufschlagen erzeugen, ist zu entnehmen, daß sie von schweren Männerschuhen stammen. Jonas befürchtet das Schlimmste oder umgekehrt, daß, was immer die Schritte bedeuten, das Schlimmste sein muß. Er entwirrt seine Träume, mit den Träumen die Wimpern. Zu sich kommend, erkennt er Ira Constantins Hausdiener … wie hieß er noch? Russischer Name … Wladimir? … Sergej? … Nikolaj, stimmt, Nikolaj. Da steht er, ein Tablett in Händen, das erste Echo des Vortags, das erste Anzeichen auf den Betrug, daß so ein Ende, wie das, das Jonas gerade erlebt, bis zum Jüngsten Tag dauert.

Er hoffe, sagt Nikolaj, daß Jonas sein Eindringen entschuldige. Auf das Klingeln habe niemand reagiert, obwohl die Wohnungstür offenstehe. Aus dem versprochenen Abendessen sei nichts geworden. Er bringe das Frühstück.

Jonas fühlt sich benommen. Er würde sich am liebsten die Ohren zuhalten. Aber die Anwesenheit Nikolajs, dessen Augen ungerührt auf ihm ruhen, obwohl Jonas fürchterliche Grimassen schneidet, macht ihn nervös, daß er es schließlich vorzieht, mit dem Rückgrat hochzukommen, etwas Haltung zu erkämpfen. Für einen Moment denkt er an Ira Constantin, die nicht davor zurückschreckt, ihn um seinen Schlaf zu bringen, an Ira Constantin, die um so unfaßlicher wird, je weiter sie in sein Leben vordringt.

– Nichts wird hier entschuldigt, nur vergolten.

Während Jonas Verdrießlichkeiten brabbelt, stellt er fest, mit den Augen seine Umgebung ordnend, daß in dem Raum, in dem er sich befindet, seit dem Vortag, als er ihn zuletzt in halbwegs nüchternem Zustand betreten hat, allerhand Veränderungen vorgefallen sind. Das Zimmer kommt ihm heller vor, größer. Erst nach einigem Überlegen erinnert er sich an die Nacht – oder war es früher Morgen? –, als er begonnen hatte, die Eiswürfel und Zigarettenstummel anzubeten und dann, in desto spürbarer gewordener Verlassenheit, das halbe Wohnzimmer über das Schlafzimmer zu stülpen, Bilder zur Wand zu drehen, technische Staubfänger in den Hof zu werfen. Hinterher fühlte er sich besser. Leere Wände und draußen die Stadt nach dem Regen wie ein stahlblauer Teich, bedeckt mit neonfarbenen Wasserlinsen. Das Heulen der Motorsägen, wo die Feuerwehr in der reihum geworfenen Saat ihrer Signallichter umgestürzte Bäume zerteilte.

Ob er den Fernseher abdrehen dürfe, fragt Nikolaj. Inzwischen läuft das Vormittagsprogramm mit einer Spielshow in Wiederholung. Nikolaj interpretiert Jonas' Murren als Zustimmung. Er setzt das Tablett beim Fenster ab und betätigt den Ein-/Aus-Knopf.

– Welcher Tag ist heute? fragt Jonas.

– Der Tag danach, sagt Nikolaj.

– Und wie lange dauert es noch, bis dieser Tag vorbei ist?

– Es ist kurz nach neun.

– Wenn das so ist, kommen Sie in zwei Stunden wieder. Und bringen Sie Kopfwehtabletten mit. Ich bitte Sie darum.

– Sie können gleich welche haben. Aspirin oder Aspro?

Das ist die Stimme Ira Constantins. Ach du je. Jonas dreht den Kopf in ihre Richtung. Sie lehnt am Türstock, mit hochgezogenem Knie, den einen Schuh an die Wand gesetzt, das seitlich geschlitzte Kleid zum Zerreißen gespannt. Nur mit Mühe bewältigt Jonas das zurückgestellte Bein, taucht über dem sorgfältig enthaarten Hellbraun erschöpft in eine blühende Frühlingswiese. Diesmal sind es große Blumen, die Iras Körper umranken.

– Sie schickt Fleurop, nehme ich an. Ein unsicheres Geschick.

Ohhh! Etliche stumme Hahahas. Ira Constantin einseitig, mit einem halben Lächeln: Guten Morgen, mein Lieber. Immer der sichere Blick nach dem Kleid. Erstaunlich. Ebenso erstaunlich, mit welcher Herzlichkeit Sie mich jedesmal empfangen. Dieser mudrige Ton scheint Ihr unverlierbares Besitztum zu sein. Ich soll Sie übrigens von Ellen grüßen. Sie haben Eindruck bei ihr hinterlassen.

– Dann heißt sie auch heute noch Klara?

– Die nächsten paar Tage wird sie keinen anderen Namen ausbaldowern. Sie will Sie wiedersehen, Herr Kreuzer.

– Wir werden groß ausgehen. Ins Kino. Letzte Reihe in der Mitte. Sagen Sie ihr das.

– Sie wird aber wollen, daß es noch heute geschieht.

Mit dem letzten Wort löst sich Ira Constantin vom Türrahmen. Sie stöckelt schmerzhaft zum Frühstückstablett. Bevor sie aus einer silbernen Thermoskanne Kaffee in zwei Tassen schenkt, weist sie Nikolaj an, den Wagen, der im Parkverbot stehe, rund um den Block zu fahren, bis sie ihre Unterredung beendet habe. Aus ihrer Handtasche befördert sie einen Blister. Sie drückt eine Tablette aus, reicht sie Jonas auf dem Untersetzer des ihm zugedachten Kaffees. Wieder beim Fenster, schließt sie den offenen Riegel am linken Fensterladen. Die Fensterläden sind innen angebracht. Wenn sie offen sind, dienen sie als seitliche Verkleidung der Nische.

Sie sagt: Ich ertappe mich ständig dabei, wie ich bei anderen Leuten Ordnung schaffe. Am liebsten würde ich andauernd Bilder zurechtrücken. Manchen gefällt's, wenn Bilder schief hängen. Aber den meisten fehlt einfach das notwendige Lot im Blick. Worauf ich hinauswill: Sie wissen nicht zufällig, was mit dem Bild passiert ist? Ich meine das Rauchende Mädchen. Während Sie am Meer den Streit hatten, ist das Bild aus Caspar Zelzers Strandkabine verschwunden.

Diese Nachricht erstaunt Jonas. Er hebt die Brauen. Er schiebt die Unterlippe vor. Er steht auf, mit beiden Händen die letzten Schlieren Schlaf aus dem Gesicht reibend. Ein Gähnen kommt ihm hoch, treibt ihm Tränen in die Augen. Kurzfristig ist er versucht, die Hand vorzuhalten. Er läßt es im letzten Moment aber bleiben. Er kostet das Gefühl, nur sich selbst etwas schuldig zu sein, zur Gänze aus, indem er, die schiere Unhöflichkeit, obendrein zufrieden stöhnt.

– Wer sagt, daß es verschwunden ist? Caspar vielleicht? Caspar glaubt auch, den Halleyschen Kometen schon zweimal gesehen zu haben.

Ira Constantin nippt gelassen an ihrem Kaffee, den sie schwarz und ohne Zucker trinkt: Ira Constantin sagt es. Das Rauchende Mädchen ist wie vom Erdboden verschluckt.

– Wenn das so ist, was soll ich noch groß reden? ... Außer, daß Sie bei mir falsch sind. Ich habe weder das Bild noch eine Ahnung, wer es statt dessen hat. Und wenn Sie es unbedingt wollen, müssen Sie ihm mit Ihrem eigenen Arsch hinterherlaufen. Ich für mein Teil sähe es nicht ungern, wenn es verschwunden bliebe.

– Warum denn, mein Lieber?

– Sagen Sie nicht dauernd mein Lieber zu mir.

Ira Constantin nickt in unerschütterlicher Ruhe. Ein Wimpernschlag tost. Doch selbst ihre Verstellungen sind nicht undurchdringlich. Mit dem Tosen läuft ein Zittern über ihr Gesicht, wird von einem kurzen Flimmern der Ausdrucksschärfe begleitet, einer vorübergehenden Störung, als hätte ganz in der Nähe ein Blitz eingeschlagen, ein Schlaglicht auf man weiß nicht was, Zorn, Trotz, Verletzlichkeit.

– Ganz wie Sie wollen, sagt sie, bedauernd, jedenfalls ohne Hochmut, als sich ihre Züge nach dem Zittern wieder geglättet haben: Die Situation ist die: obwohl der Verwalter des Strandbads, der bei der ramponierten Kabine geblieben ist, schwört, sich nicht von der Stelle gerührt zu haben, bis der Diebstahl bemerkt wurde, muß das Bild genau während der Zeit, als sich alle Beteiligten am Strand aufhielten, entwendet worden sein. Das bedeutet, es waren nicht alle Beteiligten am Strand.

– Ann-Kathrin, Caspar Zelzer und ich. Und daß ich es nicht gewesen sein kann, liegt auf der Hand, da man mich zum Ausgang eskortiert hat. Bleiben nur Sie, Frau Constantin. Soll ich Sie über Ihre Rechte aufklären? Es steht Ihnen frei, zu den gegen Sie erhobenen Vorwürfen zu schweigen. Sie waren nicht am Strand.

– Irrtum, da sind Sie falsch unterrichtet. Ich war am Strand. Ich habe sogar ein Alibi. Gut, der Verwalter behauptet, ich hätte ihn abgelenkt. So kann man es sehen. Natürlich kann man es auch anders sehen. Er hat sich ablenken lassen, was aber ohnehin egal ist, da ich mit dem Verschwinden des Bilds nichts zu tun habe.

Sie bläst mit runden Lippen in ihren Kaffee. Redet, redet genau gleich, wie sie mit ihren Absätzen herumstolziert, Metronome des guten Lebens: Sie wissen, sagt sie, ich will dieses Bild, und ich habe die nötigen Mittel, es wem auch immer abzukaufen. Es würde mich freuen, wenn Sie der Glückliche wären.

– Fangen Sie nicht wieder von vorne an. Ich bitte Sie. Sie messen dem Bild eine Bedeutung bei, die ihm für mich nicht zukommt. Sein Verschwinden ist mir egal. Es ist mir sogar recht. Ich frage mich nämlich, ob es ein gutes Zeichen sein kann, daß Sie ausgerechnet dieses Bild besitzen wollen?

Ira Constantin lacht. Es ist kein echtes Lachen, vielleicht ein Ausdruck der Verlegenheit, der Trauer oder Scham, Ironie, wer kann die Nuancen unterscheiden: Du meine Güte, sagt sie im Gefühl, lügen zu müssen, weil sie keine bessere Wahrheit besitzt, nur diese knittrige Wahrheit voller Verwerfungen: Meine Sammlung, meine Galerie. Ich weiß, was Sie jetzt denken. Aber das stimmt nicht. Was soll ich sonst unternehmen, wenn sich alles verdoppelt, verschiebt und verschwimmt. Ich leide unter einer seltsamen Inkontinenz in der Wahrnehmung und frage mich, ob diese Inkontinenz an mir liegt oder an den Dingen selbst.

Sie macht eine vieldeutige Gebärde, ganz recht, der Unwissenheit (worauf bezogen?), spürt einen Anflug von Schwindel, von Taschenspielerei und langweilt sich dabei: Außerdem gefällt mir dieses Bild. Wir haben es mit dem beeindruckenden Bildnis einer beeindruckenden Frau zu tun. Mit einiger Wahrscheinlichkeit ist das Rauchende Mädchen Ina Regina Kannth, K-A-N-N-T-H, Kannth, Ina Regina. Eine Fabrikantentochter, die Anfang der dreißiger Jahre viel von sich reden gemacht hat.

Schon erstaunlich, denkt Jonas, wie rasch das Mädchen vorwärts kommt. Sogar einen Namen hat sie schon. Ina Regina Kannth. Da ist sie im Handumdrehen in eine Form gegossen. Da überkommt einen gleich die Scheu, das Mädchen unterschätzt zu haben, die vielen Schichten ihrer simplen Gestalt. Ina Regina, hast viel von dir reden gemacht. Vielleicht ist dir zuzutrauen, daß du die Zigarette nach dem einen Zug am Bild zu Ende rauchst und irgendwo weiterlebst, eine erstaunliche Frau, unkonventionell, gleichgültig dem gegenüber, was die Leute tuscheln.

Aber Jonas weiß es: Das Bild ist falsch. Dadurch, daß das Mädchen einen Namen erhält, verliert es nicht den Bastardbalken der Illegitimität, dadurch wird es vielleicht echter, aber lange nicht echt.

– Sind Sie sicher? fragt Ira Constantin mit einem wohldosierten Maß Skepsis in der Stimme.

– Was heißt schon sicher? Sicher kann man sich nie sein, um so weniger, je sicherer man sich ist, je öfter man gefragt wird, je mehr davon abhängt. Wenn sich die Affäre in dem Tempo weiterentwickelt, werde ich bald gar nichts mehr wissen. Nicht über Ann, die ich auf keinen Nenner mehr bringe, nicht über Ina Kannth, von der ich so und so nichts weiß. Sie hat sich mir nie vorgestellt. Das gibt zu denken.

– Kein Wunder, sagt Ira Constantin. Sie ist 1957 bei einem Hotelbrand ums Leben gekommen. Ich lege Ihnen für alle Fälle meine Karte aufs Tablett. Und das hier als Vorschuß. Wer verlassen wird, braucht Geld.

24 In der Fensternische stehend, sieht Jonas den Wagen davonfahren. Erleichtert, aber auch mit schlechtem Gewissen, nicht netter gewesen zu sein, greift er nach einem Hörnchen. Er zerzupft es, während unten auf der Straße, im Planquadrat G 5, zwischen den längst gezogenen Rastern, in einer Stadt, die erholt ist, weil ihr die vergangene Nacht regensaure Umschläge gelegt hat, alles seinen gewohnten Gang geht. Wie bei einer Modelleisenbahn, die irgendwer aus Nachlässigkeit abzuschalten vergessen hat, die ohne Unterlaß fährt, alle Weichen richtig gestellt, damit niemand je irgendwem begegnet, die vorbei an begrünten Hügeln und Mercedes-Autowerkstätten um den Bahnhof von Wuppertal-Elberfeld kreist, wieder und immer wieder, dabei stumpfsinnig, daß die sich ständig wiederholende idente Bewegung völligem Stillstand gleicht.

Namenlose Monotonie strömt von der Straße herauf. Jonas fragt sich, was die vielen Leute damit bezwecken, unter seinem Fenster vorbeizugehen, vorbeizufahren, stehenzubleiben, weiterzugehen. Er beobachtet eine Frau, die ihr Kind hinter sich herzieht wie andere einen Einkaufsbuggy. Er denkt sich, daß ihn der Anblick betrüben müßte. Aber er schaut einfach in die andere Richtung, stadteinwärts, und beobachtet einen Postkasten, an dem sich ein Mann in grauem Overall zu schaffen macht. Bestimmt trifft der Mann den Postkasten leer an. Bestimmt hat seit Tagen niemand etwas eingeworfen, und der Mann wundert sich auch nicht, weil es nichts mehr zu sagen gibt.

Weil es nichts mehr aufzugeben gibt.

Keine Mädchen.

Keine Briefe.

Auch nichts zuzustellen.

Nothing left Toulouse.

Jonas stellt sich vor, daß der Mann im Overall lediglich so tut, als ob er Post ausheben würde. Jonas achtet auf jeden Handgriff. Aber der Mann schiebt seine Tasche in die dafür vorgesehenen Halteschienen an der Unterseite des Kastens und öffnet den Kasten erst, als die Tasche die Unterseite völlig verdeckt. Nicht das geringste Anzeichen, das Aufschluß über den Inhalt des Kastens gäbe. Trotzdem ist Jonas von den Beobachtungen, die er macht und nicht macht, so in Beschlag genommen, daß er bis ins Mark erschrickt, als zwei Hände vorschnellen und sich über seine Augen pressen. Ein Ring drückt an der Braue. Ein Daumen liegt auf der Wunde, die Jonas am Strand bezogen hat, die jetzt zu hüpfen scheint vor herzklopfender Erwartung. Wie durch Watte vernimmt er ein unterdrücktes Kichern, ein Glucksen, dessen Klang zerflattert zu ihm dringt. Seine Rechte ertastet ein nacktes Stück Schenkelhaut. Ein spitzes Knie stößt ihn tadelnd an. He! mimt es, raten sollst du, wer hinter dir steht. Er greift nach den Händen, so viel ist erlaubt. Langfingrig sind sie, die Hände Ann-Kathrins.

– Ann-Kathrin, sagt er.

Augenblicklich geben ihn die Hände frei: Du und deine blöde Ann-Kathrin.

Noemi schaut ihn an, enttäuscht. Sie faltet die Hände über dem Kopf: Wie eine Irre bin ich die Treppe heraufgerannt. Aber jetzt ist alles verpufft, verschwunden ... Freust du dich kein bißchen?

– Sehr sogar, natürlich. Du hast mich nur am falschen Fuß erwischt. Ist das nach drei Jahren verwunderlich? Das

Leben ist grausam, wenn es einen auf die Probe stellt. Schön, daß du da bist. Ich freue mich, logisch.

– Und wie, man hört es. Danke.

Sie dreht sich mit ausgestreckten Armen durchs Zimmer: Was soll's. Ich laß mir von dir nicht die Laune verderben. Vermutlich bist du gar nicht richtig wach. Ich laß das als Entschuldigung durchgehen. Weißt du, ich fühle mich entsetzlich wohl. Das liegt wohl daran, daß mein Tag um halb zehn das biblische Alter von sechs Stunden hat, obwohl ich normalerweise Langschläferin bin, Vormittagsschläferin. Wie toll du übrigens wohnst. Diese Räume sind bestimmt mehr als drei Meter hoch. Und erst die Fenster.

– Anns Wohnung. Sie gehört ihrem Vater.

– Toll ... Würde ich mir auch wünschen.

– Wer nicht? Ich werde die Wohnung vermissen. Jedem Gegenstand möchte ich zum Abschied die Hand schütteln. Auf Nimmerwiedersehen, kleine Lampe. Auf Nimmerwiedersehen, kleiner Fernseher. Auf Nimmerwiedersehen, Stuhl, Bett, Kasten, Badewanne, Seife. Ihr kleinen Gewohnheiten, auf Nimmerwiedersehen. Dabei will ich mich gar nicht verabschieden. Besser, ich schließe hinter mir die Tür und komme nicht wieder.

– O Schmerz! Geliebte Seife! Lieber Kasten! Liebe Badewanne! Ich spende hundertfachen Trost! Du würdest mir besser einen Kaffee anbieten. Wie schon gesagt, ich bin seit vier in der Früh auf den Beinen. Außerdem war dieser Scheißbus voll mit schreienden Kindern, die es nicht erwarten konnten, in den Zoo zu gelangen.

Vielleicht stimmt, was sie sagt, vielleicht nicht. Natürlich nicht.

Jonas deutet auf die Kanne. Noemi schenkt sich ein. Sie langt nach der Zuckerzange, die sie unter einem prüfenden Blick ins Licht hält. Sie läßt zwei Würfel in die Tasse plumpsen, rührt gemächlich um, indem sie die Schlagzeilen der gefalteten Morgenzeitung studiert.

– Wie hast du mich gefunden? will Jonas wissen.

– Helsinki, antwortet sie und zieht die Postkarte, die ihr Jonas zum Abschied gegeben hat, aus der Gesäßtasche ihrer kurzen Hose: Lang, lang ist's her. Kannst du dich noch erinnern?

– Doch, natürlich … Gib mir auch einen Schluck.

Als Jonas die dampfende Tasse an die Lippen setzt, bleiben seine Augen an Noemis hängen. Er merkt, daß sie darauf brennt zu erfahren, was sich nach ihrer beider Trennung zugetragen hat. Die Anstrengung, ihre Fragen im Zaum zu halten, ist ihr ins Gesicht buchstabiert. Also skizziert er mit groben, eher farblosen Strichen die Ereignisse am Meer, sein Zusammentreffen mit Ann, mit Ira Constantin, mit Klara, Iras Tochter. Verschweigt nur die Eskapaden, die er sich vor der Rückkehr in die Wohnung in einem ganz zufälligen Lokal geleistet hat. Warum? Darüber will er nicht nachdenken, will auch nicht, daß andere darüber nachdenken. Noemi nickt zu allem. War ja einiges los. Sie rührt in ihrem Kaffee und meint, als er erzählt, daß sich das Rauchende Mädchen in Luft aufgelöst habe: Geschieht denen ganz recht. Sie stippt ihr Hörnchen in den Kaffee, schaukelt beim Kauen auf den Fersen, begierig zu schlucken, um den nächsten Bissen zu nehmen. Als sie fertig ist, mit dem Hörnchen, dessen Krumen sie in die Hand streicht, mit den Einzelheiten des gestrigen Tages, die sie Jonas aus dem Kreuz geleiert hat, fragt sie nach dem Badezimmer. Hast du kein Badezimmer? Vergangene Nacht habe ich in einer alten Hollywoodschaukel geschlafen, was heißt *geschlafen*, mich der grausamen, grausamen Nacht überlassen, bis mich um vier Uhr ein einsamer, wenig taktsicherer Vogel geweckt hat. Jetzt juckt es mich überall.

Im Badezimmer wäscht sie sich die Hände, dann das Gesicht, den Hals. Schließlich bittet sie um eine Zahnbürste, um eine neue, ihr sei's egal, aber ihre Mutter sage, zweierlei dürfe sie mit niemandem teilen, auch mit der besten Freundin nicht, den Mann und die Zahnbürste.

– In der zweiten Schublade hinten. Ich stelle mich schnell unter die Dusche. Du wirst sehen, binnen fünf Minuten bin ich ein anderer Mensch.

Noemi hat es sich in der Fensternische bequem gemacht, in der auch das Frühstückstablett steht. Mit den Füßen auf dem Rippenheizkörper löst sie in der Zeitung das Kreuzworträtsel. Jonas steckt den Kopf dazu, indem er Interesse für das Rätsel vorschützt, schnuppert an Noemis Haar. Sie riecht, übers Kreuz, nach Anns ph-neutraler Lavendelseife. Sie riecht, wie Frauen riechen, die man ein klein wenig ewig liebt, jedenfalls vergeblich und deshalb für die Schublade (schu-schubidu). Aber es ist nicht Noemi, die er riecht, sondern Ann (voilà, Jonas ist noch derselbe), und darüber, über Ann, gerät er ins Grübeln, mit der Nase, wenn man so will, die sich an den Geruch von Frühlingsregen in Anns Haaren erinnert, wenn die Haare naß waren, und sei es nur, weil sich Ann kalt geduscht hatte.

– Man merkt, daß das Frühstück nicht von dir ist, sagt Noemi. Von Männern bin ich's gewöhnt, daß sie mir Blümchenkaffee vorsetzen.

– Die Blümchen hat Ira Constantin für ihr Kleid benötigt. Tapetenblümchen.

Noemi: Ich darf nicht daran denken, wann ich zuletzt mit allem Drum und Dran gefrühstückt habe. Ehrlich, auch wenn ich's jetzt erst merke, ich habe es vermißt. Ira Constantin sollte dir öfters ihre Aufwartung machen.

– Gott verschone mich. Drei Minuten hat sie vor dem

Haus gestanden und auf den Wagen gewartet. Drei Minuten hat sie es geschafft, nicht zu meinem Fenster hochzublicken. Stell dir vor, daß ein Mensch das zustande bringt.

Mit widerwilligem Respekt vor Ira, die doch immerhin die Fähigkeit besitzt, beharrlich auf der Kippe zu stehen mit wenig mehr zur Balance als der spielerischen Einsicht in zwei oder drei gesellschaftliche Ordnungsprinzipien, die man unterlaufen kann, wendet sich Jonas wieder zur Zeitung. Noemi blickt zu ihm hoch, als wolle sie irgendwas loswerden, das sie sich krampfhaft verbeißt, und nachdem er ihr unbeeindruckt zwei, drei Kreuz-Wörter auf den Kalvarienberg ihrer Ungeduld getragen hat, verhält sie es nicht länger und fordert ihn auf, sich mal ordentlich umzusehen.

Links neben der Tür, an einem Nagel, von dem Jonas vergangene Nacht ein gerahmtes Ausstellungsplakat abgenommen hat, hängt es, da haben wir es: das Rauchende Mädchen. Sitzt dort, schräg, mit der Linken irgendwo außerhalb des Bildes aufgestützt, in durch und durch schmutzigen Farben, gelangweilt, den Kopf leicht, ein wenig genießerisch zurückgelegt. Ihre schwarz ausgemalten, nach unten gebogenen, auffallend schmalen Augen schauen zwar in Jonas' Richtung, finden aber keinen Halt. Das Gesicht ist blaß in einer Mischung von Altrosa und Beige. Die Wangen sind vom Rauchen leicht eingesogen. Über der Zigarette, die sie zwischen den gestreckten Fingern hält, kräuselt sich ein kaum wahrnehmbarer Schleier Rauch.

Jonas erschrickt. Willenlos läßt er sich vom Anblick der jungen Frau verführen. Für einen Augenblick gibt er seinen Gefühlen nach, will alles glauben, was Ira Constantin über das Bild gesagt hat, ihre Lügen verstehen und ihr recht geben. Er will ehrfürchtig hinnehmen, daß die Ereignisse der letzten Tage dem Bild Farbe in die Wangen, Blut in die leeren Adern verschafft haben, eine Identität. Das Bild betrachtend, schiebt sich Ann-Kathrin davor, die ihn nicht minder bewegungslos anschaut, wie im Traum, wie etwas plötzlich Endgültiges, eine Fotografie vor neutralem Hintergrund. Ihm fährt durch den Kopf, daß alles immer verstrickt ist und deshalb ein Verhängnis, daß keine andere Möglichkeit besteht, als hinterherzulaufen. Wahrscheinlich, denkt er, hat das Bild die Lebendigkeit gewonnen, die Ann-Kathrin seit gestern verloren hat. Zuletzt ist in allem, und so auch hier, die Summe aus Gewinn und Verlust am Ende wieder Null.

Ihm schwindelt, er weiß nicht, ob von dem kurzen Ausritt ins Illusorische oder von der ruckartigen Besinnung auf die Tatsachen. Er fährt herum: Hol mich der Teufel.

Ein bunter Luftzug weht über Noemis Gesicht. Ihre Wangen nehmen ein leichtes Rot an. Links und rechts der Nasenwurzel stauen sich unverschämte Fältchen: *Ich* habe es dort aufgehängt!

– Dann hast du …?

– Ich war ständig einen Schritt hinter dir. Sie hüpft vor Freude. Ihre Hände, die in ununterbrochener Bewegung sind, drehen sich in weitläufigen Gesten um die Hin- und Hergänge ihres Abenteuers. Formen Luftpakete. Via airmail. Damit ist sie vertraut. Trout-fishing. Und aus der Mitte entspringt ihr Redefluß. Sie strudelt durch die Details. Jonas wundert und berührt zugleich, mit welcher Begeisterung sie die Textur des Streichs unter Aufbietung all ihrer sprachlichen, mimischen und gestischen Fähigkeiten gestaltet, grad so, als würden die Mitglieder einer Theatertruppe synchron dieselbe Geschichte erzählen. Sie ist sagenhaft stolz, ihm das Bild zurückgebracht zu haben. Hier bin ich! Da hast du es, das Rauchende Mädchen! Aber Jonas, wieder ernüchtert, indem er sich mehrmals angehalten hat, sich nicht selber an der Nase zu führen, nicht mit überspannten Erwägungen die Tatsachen zu verschleiern, white wedding, wendet sich halb von Noemi ab, halb von dem Bild, die Hände in die Hüften gestemmt, und stößt hervor: Ich pfeife darauf! Wo muß ich mich verstecken, um diesem Bild nicht wieder zu begegnen? Man müßte es aus der Stadt weisen. Ihm den Zutritt verbieten. An jeder Zufahrtsstraße ein großes Schild aufstellen, von Zelzer's Nachfahren: das Rauchende Mädchen und darunter *Ich darf nicht hinein.*

– Sag, spinnst du? empört sich Noemi. Jetzt hast *du* den Trumpf in der Hand. Jetzt bist *du* das Zünglein an der Waage. Das ist doch fantastisch.

– Das ist nicht fantastisch, sagt Jonas, weil ich es nicht haben mag, nicht das rauchende und auch kein anderes Mädchen, das mir den Blick verstellt. Deshalb danke für die gute Absicht und Abfahrt. Ich will das Bild nicht mehr sehen. Es hat dieselbe trügerische Nase wie Ann-Kathrin. Ein schönes Wenn aus lauter Aber. Wir tragen es zum Pfandleiher, dann kann ich das Startkapital für mein neues Leben aufstocken, damit es nicht stockt. Gestöckelt hat es schon, absätzig. Ira Constantin war so freundlich, mir diesen Tausender zu überlassen. Ihre Herzensgüte ist vielfältig. Das kann es wenigstens bedeuten. Es kann natürlich auch bedeuten, daß sie ein arrogantes Aas ist oder Probleme mit ihrem Alter hat oder nicht weiß, wohin mit dem Geld.

Er nimmt den Schein vom Tablett und steckt ihn in die Jacke. Er reißt das Fenster auf. Er zieht die hereinströmende, vom nächtlichen Regenguß gewaschene Luft tief ein. Der Verkehrslärm dringt jetzt ungehindert herauf.

– Moment, sagt Noemi, einen Moment, warte mal! Soll das etwa heißen, daß ich das Bild durchs halbe Land geschleppt habe, damit du's aufs Versatzamt trägst?

Jonas: Niemand hat von dir verlangt, dich in die Sache einzumischen.

– Ja, soll ich dich erschießen oder was?

Das fragt sie mit einem Schuß Ernst in der Stimme, die Arme trotzig verschränkt.

– Warte noch, sagt Jonas. Ich komme auf das Angebot zurück.

25 Über den Hof, um sicherzugehen, von niemandem gesehen zu werden, nicht von Ira Constantin, nicht von sonstwem, verlassen die beiden das Haus. Jonas vorneweg. Er kenne einen Pfandleiher hinter der Gewerkschaft für Handel und Transport, der habe garantiert seine Freude an dem Bild. Geld sei schließlich nicht unwichtig, wenn man sich eine gewisse Mobilität bewahren wolle, wenn man das Gefühl habe, am Sprung zu sein. Ob Noemi wisse, daß die Gewerkschaft für Handel und Transport die einzige Organisation landauf, landab sei, die es sich zur Aufgabe gemacht habe, Pin-up-Kalender zu sammeln und zu archivieren. Dort gebe es eine Bibliothek, sagenhaft, und für jedermann zugänglich.

Sie gehen den Thiegesteig hinauf, der die Kujaustraße mit der Demetriusstraße verbindet. Quer über die Demetriusstraße haben Kinder zwischen Fenstern des dritten Stocks ein Seil gespannt, über das sie einen Metallclown mit geknickter Balancestange auf einem Einrad hin- und herfahren lassen. Weiter die Straße hinauf, wo an einer Fassade ein Gerüst aufgebaut ist, auf dem ein Arbeiter Frigolittafeln schneidet, treibt weißer Niederschlag in den Abgasen, unentschlossen, ob er steigen oder fallen soll.

– Jetzt schmoll doch nicht, sagt Jonas. Der Pfandleiher ist das einzig Richtige. Stell dir die Löcher vor, die mir so ein hergewehter Funke in meine Tage und Nächte gebrannt hat und die es zu stopfen gilt, kunstzustopfen, nicht einfach ein Flick drauf.

– Egal, es ist Unsinn. Setz den Flick neben das Loch. Du mußt die Löcher offenhalten, damit der …

– Auch gut, fällt ihr Jonas ins Wort. Stell dir den Aufwand vor, der getrieben werden muß, damit ich die Ellbogenfreiheit behalte, die notwendig ist, um zu verhindern, daß jemand meine Löcher verstopft. Existentielle Verstopfung, kennst du das?

– Eitrige Tachinöse kenne ich.

Jonas: Ich habe heute schon in Anwesenheit von Ira Constantin gegähnt, ohne die Hand vorzuhalten. Welcher Verfall der Umgangsformen. Welche mauloffene Provokation vor jemandem, der sein Geld aus der Eisenbahn hat und der Entgleisungen für Unglücke hält, die den Fahrplan durcheinanderwerfen. Das ist es doch, was du meinst, Noemi, mit dem Flick am falschen Fleck.

– Nicht ganz, Samy, nur ungefähr.

– Natürlich ist es, was du meinst. Eine Ungezogenheit und Ungeschobenheit. Man kann daran ablesen, daß ich ein freier Mann bin. Ich kann mir aussuchen, ob ich glücklich oder unglücklich sein will. Niemand kennt mich mehr, nicht Ann-Kathrin, nicht die Encyclopædia Britannica. Was hindert mich also, zu tun, was ich bisher unterlassen habe? Mich komplett neu einzurichten? Nichts, natürlich.

– Und aus nichts hat Gott dieses Nichts erschaffen.

– Danke, vielen Dank, endlich wieder einmal eine knallharte Wahrheit.

Bereits zwei Häuser weiter studiert Jonas in einem Anschlagkasten die Ziehungsliste der Blindenlotterie. Er schneidet noch in derselben Straße im Spiegel neben einer Auslage Gesichter und besteht darauf, nutzlos zu sein. Noemi weist dieses Pauschalurteil kategorisch zurück. Und doch, sagt er, mit wegwerfender Gebärde, ich *bin* nutzlos, mehr noch, ich werfe mir mich selbst vor und stelle mich in

Frage, indem ich Ann darin beipflichte, daß ich *unmöglich* bin. Pfeifend geht er weiter. Noemi rochiert das wieder in Packpapier eingeschlagene Bild von einer Hüfte in die andere: Du hast soeben das erste Mal seit dem Morgen gelacht. Ich hoffe, daß das kein Versehen war. Hmm, brummt er und fällt in alte Gewohnheiten – untertags? –, Dornen in die Augen der Passanten und Stadtväter zu streuen. Er nimmt eine Schablone und Nummer zwei, schwarz, aus dem Geigenkoffer. Er paßt den fußgehenden Mann mit dem Mädchen an der Hand in ein Fahrverbotsschild, macht zwei Straßen weiter, atemlos, indes Noemi, noch in einiger Entfernung (Was machst du da! He, was machst du da!), den von ihr gewünschten Weg in den Verkehr zu drechseln versucht, aus Tempo 40 Tempo 10. Er fabriziert einen schematischen Grisu mit Helm und Spritze in die Mitte einer Stopptafel. Bestaunt dann, als wäre nichts geschehen, die schlanken Knöchel einer vorbeieilenden Frau (Noemi: Wie erfrischend altmodisch, heutzutage Knöchel zu bewundern), bestaunt vom selben Punkt aus an einer Fassade den Namen eines Modegeschäfts, an dem mehrere Buchstaben fehlen, daß nicht zu entziffern ist, wie es richtig heißen muß. Er läßt sich vom Rasseln in einem Ampelkasten ablenken, weil ihm das Geräusch zuvor nie aufgefallen ist. An der Ecke Rouchamovskystraße/Bastianiniplatz balanciert er, von nervösem Hupen bedrängt, um die mit Kreide auf den Asphalt gemalte Kontur eines Körpers, nimmt die Kontur zum Anlaß, Noemi eine Geschichte über Tod & Co. zu erzählen, in die ein Buchhändler und ein tropischer Käfer verstrickt sind. Er hat keine Eile. Es gefällt ihm, neben dem Gehen zu verharren, zu sitzen, indem er einen kleinen Friseurladen betritt, der nach frischen Dauerwellen riecht. Für Jonas eine Naßrasur, für Noemi, im Stuhl daneben, Maniküre.

– Was hast du mir in den Kaffee getan? Oder Ira Constantin? Und überhaupt, ich habe lange keinen mehr wie dich getroffen.

– Sei froh, sagt er und legt den Kopf zurück, um die Haut am Hals zu spannen. Und der Friseur schlägt den Schaum wie schöne Sätze, die nichts besagen, seift ihn ein. Und Jonas hat die ganze Zeit, während die weiße Masse auf seinem Gesicht an Fläche verliert, Gelegenheit, sich im Spiegel zu betrachten, wird dabei fest entschlossen, sich abhanden zu kommen, um den gordischen Knoten der ungelösten Fragen mit einem Streich zu zerschlagen, eine radikale Vereinfachung, gewiß, aber notwendig, denn zu einer fingerfertigen Lösung kann es nicht mehr kommen, natürlich nicht, weil ihn mit dem Jonas von gestern, der kreuz und quer durchs Land hetzte, um *nach alten Schuhen zu fischen* (Noemi: Die man doch zurück in den Teich wirft. – Da hast du auch wieder recht, sagt Jonas), nichts mehr verbindet.

Stimmt nicht.

Später kaufen die beiden ein Taschenradio, ein auslaufendes Modell im Angebot. Jonas läßt die teuersten Batterien hineingeben. Er dreht das Gerät auf und sucht den Einmannsender von Muhammed Jassin. Im Takt zu *Tainted Love* betreten sie einen Jeansladen. Jonas will neu aussehen, vor allen Dingen lebendig, und entscheidet sich, ohne auf den Preis zu achten, für weiße Jeans und ein mehrfarbiges T-Shirt. Er müsse die Farben im Tageslicht sehen. Noemi bleibt als Pfand zurück. Jonas geht spazieren. Kauft eine Sonnenbrille. Probiert sie aus. Er schlendert zwischen Häusern mit verwirrend steilen Dächern, wahrscheinlich sind sie falsch numeriert, und wie man sieht, fehlt es an Fenstern.

– Tut mir leid, daß es ein wenig gedauert hat.

– Mann, bin ich froh. Ich dachte schon, du kommst nicht mehr zurück.

– Ach was, Angsthase. Ich behalte die Kleider gleich an.

Die Preis- und Markenschilder abgezwickt. Den alten Plunder in eine Tasche verfrachtet. Die nächste Reinigung gebe es in der Borborikinstraße. Man sei gerne bereit, das bis Ende der Woche für ihn zu erledigen.

Während Jonas K. in einem Nylonsack aus umweltverträglichem, biologisch leicht abbaubarem Material darauf wartet, in die Reinigung gebracht und niemals abgeholt zu werden, tritt ein anderer junger Mann auf die Straße und erlebt eine fremde Stadt, deren Namen er sogar vergessen hat, windig, laut, mit Flugzeuglärm. Er weiß nicht einmal, wie er hierhergekommen ist und zu welchem Zweck, ob es überhaupt einen Zweck gibt oder hat, daß er hier geht und schaut, einen Zweck über das Gehen und Schauen hinaus. So weit sind wir, denkt er, daß sich das Sinn- und Zwecklose zur letzten Freiheit aufgeschwungen hat. Ein Gefühl hoffnungsloser Leichtigkeit überkommt ihn bei diesem Gedanken. Und vor einer buntbemalten Hausmauer macht kurz darauf sein Sinn für Farben, die sich beißen wie sich Liebende beißen, wie Rauch in den Augen beißt, eine Verbeugung: Überhöhung des Alltags, nennt man das.

– Verstehe ich nicht, sagt das Mädchen.

– Kann sein, daß ich's selber nicht verstehe, sagt er und sagt ihr, daß sie schön sei. Sie lacht. In einer Kneipe genehmigt er sich einen Cognac. Für das Mädchen in seiner Begleitung einen Eisshake. Er spielt Flipper. Es kommt ihm vor, als hätte er seit Jahren nicht mehr Flipper gespielt. Dennoch ergattert er einen Bonus, freut sich maßlos, findet sich überragend, ein Sklave und Gladiator des modernen Lebens. Das im speziellen findet er beruhigend, obwohl auch diesem Gefühl, wie allem an dem Tag, eine klebrige Traurigkeit untergemischt ist. Er wirft Münzen in die Jukebox (als schlösse er mit den Münzen einer großen Liebe die

Augen), drückt mit Bedacht die Knöpfe zu Titeln (Drück du mal, Noemi), die ihm nichts sagen. Während sich die Musik aus den Lautsprechern räkelt, drehen sich an der Wurlitzerorgel mit wechselnden Farben zwei Leuchtspiralen. Ein Lied, das er von früher kennt, hat sich den ausgewählten Stücken untergemogelt. Am liebsten würde er den Stecker ziehen, weil er keine Lust hat, sich zu erinnern. Aber das Mädchen in seiner Begleitung hält ihn zurück. Mir gefällt es, sagt sie. *Ride a Withe Swan.*

Das schlechte Wetter hat nunmehr endgültig den Fuß aus der Tür genommen und die Sonne, wieder im Lot, mit ebenfalls frisch manikürten, knatschgelb lackierten Fingern die letzte Konterbande blaßgrauer Wolken weitgehend aufgelöst. Ein kräftiger Wind scheuert sich die Stirn an Querstraßen. Ihm zu Lasten geht auch, daß Noemi und Jonas unweit des Lokals, in dem sie getrunken haben, vom ursprünglichen Vorhaben, auf dem kürzesten Weg zum Pfandleiher zu gelangen, endgültig abkommen. Verheißungsvolles Lachen und Kreischen weht aus einer Seitenstraße. Autos horchen auf, drosseln ihr Geheul. Häuser wieder recken sich, andere, vom Lachen angesteckt (wie man aus Übermut ein Feuer ansteckt), schütteln sich, werden rund und rot. Das fälscht die Richtung ab. Noemi biegt nach links. Halt! ruft Jonas. Wir müssen in diese Richtung! Richtig, in diese Richtung, sagt sie. Sie geht unbeirrt weiter (das Kreischen verstärkt sich), sie geht die uneben gepflasterte Straße hinunter bis zu einem geknackten Hydranten, den eine Horde Kinder umschwärmt. Die linke Kappe des Hydranten ist geöffnet, doch lediglich zur Hälfte, so daß sich das austretende Wasser unter dem Druck zu einer viertelkreisförmigen Fontäne auffächert. Gleich neben der Fontäne steht ein Regenbogen, dahinter ein zweiter. Zwei Knirpse sind nackt, die meisten Kinder halbnackt. Ihre Kleider liegen auf dem

Gehsteig, auf der Motorhaube eines alten Toyotas, teilweise im Bereich des Spritzwassers.

Jonas bekommt von Noemi das eingepackte Bild. Er läßt sich auf einem sonnenbeschienenen Betonsockel nieder. Er schlägt die Beine übereinander, stützt den Ellbogen aufs Knie und legt das Kinn in die Hand. Er macht sich keine Gedanken darüber, wie man in diesem Leben zu Rande kommen soll. Schon die weniger komplizierten Zusammenhänge entziehen sich ihm oder ziehen ihn augenblicklich in ein raffiniertes Garn. Gestern ist plötzlich Jahre her, vorgestern eine Ewigkeit. Das Rauchende Mädchen (wer?) könnte genausogut ein Laubsägeset sein.

26 Ich habe mir gedacht, Ann-Kathrin weiß nichts von dem, was in den letzten Tagen passiert ist. Ihre Tage und meine Tage sind verschieden. Wenn sie zurückschaut, wird nicht viel Ähnlichkeit sein zwischen dem, was wir gemeinsam erlebt haben. Das wäre ein großer Verlust, habe ich gedacht. Deshalb, um die Verschiedenheit der Tage zu mildern, um die Konturen, die Bilder der Tage einander anzunähern, habe ich ihr gestanden, daß Jonas am Strand war und daß er die Kabinentür eingetreten hat. Was ein Fehler war. Ich meine, daß ich die Wahrheit gesagt habe, war eindeutig ein Fehler.

Bei diesen verfluchten Frauen muß man immer das Krümmste tun, das Umwegigste. Einem geradlinigen Gedankengang können sie nicht folgen, was wohl der Grund ist, daß ein gerader, anständiger Mensch wie ich bei ihnen keine rechten Fortschritte macht. Sie sind verfilzter Urwald, und wenn man sich einen Weg freigemacht hat, steht man gleich wieder vor neuem Dickicht, und der Wald hinter einem ist zugewachsen. Es ist klar, daß auf einem solchen Terrain Jonas besser vorankommt.

Und da beweist es sich wieder: Im Zweifelsfall ist es besser, nichts zu tun als etwas Falsches. Verdammter Augenblick mit seinen Möglichkeiten. Ich hätte besser alles verschwiegen, so getan, als ob ich nichts wüßte. Hauptsache, das Bild ist gestohlen, verschwunden, Schall und Rauch, daß man endlich (bei dem vielen Rauch?) frei durchatmen kann. Was muß ich Idiot ihr erzählen, daß der

Aufruhr auf Jonas' Kappe ging, daß er von Glück reden kann, lediglich Prügel bezogen zu haben. Du meinst, mit voller Wucht gegen die Schläfe? hat sie gefragt. Sah so aus, habe ich gesagt. Und du bist dazwischengegangen, Caspar? hat sie gefragt. Bestand keine Notwendigkeit, habe ich gesagt, der eine Schlag reichte, daß er in die Knie ging. Der Ärmste, Caspar, hat sie gesagt, du hättest es verhindern sollen. Warum hast du mich nicht gerufen? Du hättest es tun müssen. Wie kann ich am Meer sein, wenn er mit zerschundenem Kopf durchs Land irrt und nicht einmal weiß, daß er mir langsam entgleitet? Er weiß es, habe ich zu ihr gesagt. Aber woher denn? hat sie gesagt. Nicht Jonas. Solche Dinge hat er nie gewußt. Er hat nie irgendwas gewußt. Er hat auch nie gewußt, was es heißt, daß ich ihn liebe, wenn ich ihn liebte, und manchmal habe ich ihn sehr geliebt. Wir müssen zurück in die Stadt, Caspar. Sofort, hat sie gesagt. Okay, habe ich gesagt. Aber morgen, in der Früh, denn jetzt, Liebste, um diese Zeit, macht das keinen Unterschied mehr.

– Nenn mich bitte nicht Liebste.

Daß sie seither keine drei Sätze mit mir gewechselt und zwanzig Zigaretten geraucht hat, obwohl sie noch vorgestern mit dem Rauchen aufhören wollte, verunsichert mich. Als ob sie mich verantwortlich mache, daß Jonas eine besondere Gabe besitzt, mit allem und jedem, womöglich mit verbundenen Augen, querfeldein zu gehen. Dieser Narr, dieser rettungslose Narr. Ich kann nichts dafür, daß er geistig noch immer in kurzen Hosen herumrennt und keine Vorsicht kennt, und es ist auch nicht meine Aufgabe, ihn vor den Folgen seiner Unbedachtheit zu schützen. Das wär noch was, ich, Caspar Zelzer, sein Retter. Was erwartet man eigentlich von mir? Wie kommt das alles? Ich meine, für Gerechtigkeit scheint sich hier offensichtlich niemand zu interessieren.

Ann-Kathrin hat das Gepäck in die Estrade gestellt, ohne irgendwas auszupacken. Auch kein Nachthemd. Immerhin, die Nacht war heiß und man konnte nicht schlafen. Trotzdem ist Ann-Kathrin um sechs Uhr aufgestanden. Es war hell. Ich habe ihr beim Anziehen zugeschaut. Wollte sie, daß ich ihr zuschaue, der lüsternen Trägheit ihrer Bewegungen, die doch sachlich waren und auf bedrückende Art auch voller Hochmut? Wollte sie, daß ich ihren Oberkörper betrachte, die überraschend unterschiedlich großen Brüste, von denen die kleinere – oder täuschte ich mich? – das Licht vom Fenster matter spiegelte? Und ihren Unterleib, der noch im Schatten stand?

Ich verspürte ein Unbehagen vor dem schattigen Teil, den Füßen zum Weggehen, dem Geschlecht, dumpf und unzugänglich, und wußte dabei, daß die lichte Hälfte wieder zu leicht war, zu unbefangen, um jetzt in meiner Nähe sein zu wollen, das Atmen der filigranen Muskeln unter der straffen Haut, als Ann-Kathrin sich rankte, um die rechte Schulter zu inspizieren, das Perlen von Licht im Flaum auf dem Unterarm.

In ihr schwimmen müßte man, bis zu den letzten Dingen treiben in ihr, sich in ihr drehen, ohne ein Gewicht zu verspüren, sie nur riechen und schmecken, einmal, heute noch. Es ist gut, Ann-Kathrin, daß du den Schlüpfer anhast, doch mit dem Oberteil warte noch. Das hätte ich sagen wollen. Ich tat es aber nicht. Sie hat das Oberteil übergezogen, aber nicht über die Brüste, hat noch etwas in der Rinne dazwischen gefunden, hat sich, das Kinn bei den Schlüsselbeinen, zum Fenster gedreht, und die angewinkelten Ellbogen sind seitlich vom Rücken weggestanden wie Flügel eines Kükens. Lach nicht über sie, Caspar, habe ich zu mir gesagt. Vielleicht spürt sie es. Sei vorsichtig. Erwarte nicht, daß sie noch weiß, daß du da bist. Und bleib so, halte dich unauffällig, unsichtbar, bleib an ihrer Seite, unmerklich. Tu nur, was sie nicht stört. Dann wird es ihr gefallen, später, bei günstigerer Gelegenheit.

Zurück in der Stadt, in ihrer Wohnung, hat sie sich einen Weg zum Bett gebahnt. Alles war verstellt mit Möbeln aus dem Wohnzimmer, ein roter Ledersessel, eine Stehlampe. Sie hat sich hingelegt. Sie sei betrunken von der Autofahrt, vom Rütteln, der Hitze. Mach bitte das Fenster auf, Caspar, hat sie gesagt. Ich muß warten, bis Jonas nach Hause kommt. Ordnung schaffen. Die Unordnung wiederherstellen, habe ich gesagt. Und ein Schauder hat mich gepackt, weil der Irrwitz des Lebens wieder die Oberhand errang, weil Ann-Kathrin *schon möglich* sagte, es murmelnd wiederholte, *schon möglich*, sich dabei halb schlafend drehte, wand. Komm wenigstens aus den Schuhen, Ann-Kathrin, habe ich daraufhin gesagt, verärgert, brüsk. Ich schaff's nicht mehr, tu's du für mich, hat sie gesagt. Und zieh die Hose aus, sie ist zu eng. Ich schaff's nicht mehr, tu's du für mich, hat sie gesagt. Du mußt mir helfen, Ann-Kathrin, habe ich gesagt, sonst geht es nicht. Na komm, heb den Hintern, Ann-Kathrin. Ja, komm, du mußt die Arme heben. Die Strümpfe noch. Und schau, warum in Unterwäsche schlafen. Nur einmal noch, den Hintern, Ann-Kathrin, habe ich gesagt. Wie weiß er ist. Ich liebe ihn. Ich küsse ihn. Komm hoch, du mußt die Arme heben, Ann-Kathrin. Sag, ist es angenehm so? Liegst du bequem so, Ann-Kathrin? Ich lege mich zu dir, habe ich gesagt. Das halbe Wohnzimmer im Bett. Ich räume es zur Seite, habe ich gesagt. Ist es gut so, Ann-Kathrin? Ich drücke mich an dich, Ann-Kathrin. Wir sind ein doppeltes Anführungszeichen, weil es um Liebe geht. Ich schiebe dein Bein ein wenig vor. Drehe dich auf den Bauch, Ann-Kathrin. Jetzt liegst du besser, Ann-Kathrin. Jetzt geht es besser, Ann-

Kathrin. Spürst du es? Sag, spürst du mich? Sicher spürst du mich. Liebste. Ich nenne dich *Liebste*, Ann-Kathrin. Hundertmal. Es stört dich nicht. Nicht mehr. Nichts stört dich mehr. Auch nicht der Lärm von draußen. Das Klacken der Schuhe, Kratzen, Scheuern. Farbe bricht. Das Kreiseln der lauwarmen Brise. Ein angeriebenes Streichholz zischt. Ein Tropfen stürzt aus dem Hahn. Telefonimpulse klicken. Uhren ticken Stunden, Tage. Relais, die schnappen. Fahrstuhltüren knarren. Rollen gieren. Seile ächzen. Schlüssel, die sich drehen. Hydraulische Gelenke quietschen. Türenschlagen. Dielen knarzen. Parfum zerstiebt in Achselhöhlen. Blister knistern. Reißverschlüsse singen. Sahnespender prusten. Lachen. Blumen welken. Zigaretten zischen. Füller kratzen in den Kurven, Schlaufen voller Fleischlichkeit. Schweiß bricht aus den Poren. Salzkristalle brechen auf. Quittungen, die rascheln. Münzgeld klimpert. Nähmaschinen rattern, steppen, stechen. Wolkenschlieren reißen. Die Sonne, die an Pfützen läppert. Autoreifen. Pfützen spritzen. Schweigen, wenn das Taxameter spricht. Ein Müllwagen kaut. Lippen springen. Würmer nagen, dringen, drängen. Äpfel, Birnen, Pampelmusen. Kernespucken. Schlecken. Langsam. Rhythmisch. Ein Lastwagen bremst (ein Stoppschild). Ein Motorrad beschleunigt (Tempo 60). Eine Fahrradklingel klingelt (Vorrang). Ein Kinderwagen rasselt. Ein Motorrad beschleunigt. Ein Kinderwagen rasselt. Eine Fahrradklingel klingelt. Ein Motorrad beschleunigt. Ein Kinderwagen rasselt. Eine Fahrradklingel klingelt. Ein Motorrad beschleunigt. Ein Kinderwagen rasselt. Eine Fahrradklingel klingelt. Ein Motorrad beschleunigt. Ein Kinderwagen rasselt. Ein Motorrad beschleunigt. Ein Kinderwagen rasselt. Eine Fahrradklingel klingelt. Das Motorrad beschleunigt. Die Fahrradklingel klingelt. Der Kinderwagen rasselt. Ein Motorrad beschleunigt. Die Fahrradklingel rasselt. Ein Kinderwagen rasselt. Ein Motorrad beschleunigt. Ein Kinderwagen klingelt. Ein Motorwagen rasselt. Die Fahrradklingel klingelt. Ein Motorwagen klingelt.

Es wird doch niemand kommen? Nicht jetzt. Wird hoffentlich nicht kommen. Jetzt noch bitte jetzt noch nicht.

27 Die Straße, in der sich der kaputte Hydrant befindet, ist zu beiden Seiten von heruntergekommenen Wohnhäusern flankiert, die an Häuser erinnern, von denen die Zeitungen schreiben, daß sie trotz ihres geringen Alters abgerissen werden müssen, weil sich das Ungeziefer so tief in den Mauern verschanzt hat, daß Insektizide nichts ausrichten. Von den Fassaden, die stellenweise bis auf die Ziegel freigelegt sind, schält sich der Mörtel wie Haut nach einem Sonnenbrand, wirft sich an den Rändern auf, wo das Auge hingreifen und ziehen will.

Die Kinder haben Noemi ganz für sich in Beschlag genommen. Sie ist durch und durch naß, auch die Haare, die sie zurückgestrichen hat und die ihr am Kopf kleben. Manchmal winkt sie, ihre Hände, ihre Augen sagen, komm her, es ist fantastisch.

Dann lacht und schreit sie, winkt erneut.

Aber Jonas möchte lieber für sich sein.

Ihn wundert, wie ruhig die Straße ist. Seit über einer Viertelstunde sitzt er auf dem Betonsockel und lüftet bei aufgerissenen Fenstern sein Innenleben. Aber weder die Polizei noch die Feuerwehr, in deren Zuständigkeit beschädigte Hydranten fallen, sehen nach dem Rechten. Das mag einerseits an den Schäden des Gewitters liegen, die beseitigt werden müssen, wahrscheinlicher ist, daß niemand in der Gegend, nicht die Frauen, deren träumende Brüste auf den Fensterbrettern liegen, nicht die vorbeigondelnden Männer, es der Mühe wert finden, zum Telefonhörer zu greifen. Sie ziehen es vor, nicht behelligt zu werden. Daß die Gegend nicht fein ist, zeigt sich spätestens an dem mit Ölflecken übersäten Parkstreifen, der einen sicheren Rückschluß auf die Qualität der hier gefahrenen Autos zuläßt. Und dennoch sieht man auffallend viele Autos, die Geschwindigkeiten von zweihundert Kilometern die Stunde und mehr erreichen, die mit Vorliebe von kleinen Ganoven geklaut werden, denen sie als Fluchtfahrzeuge in ein besseres Leben dienen.

Zwei dazu passende Männer lehnen seit geraumer Zeit ein Stück unterhalb des Hydranten an einer ausgeblühten Hausmauer, damit beschäftigt, vor ihre Schuhe zu spucken. Beide tragen trotz der Hitze diese mit viel Liebe zum Detail verzierten Stiefel, die von ganz bestimmten Typen mit ganz bestimmten Frisuren und Frauen getragen werden. Immer treten diese Stiefel zusammen mit Bluejeans auf. Immer steht das Stoßband des Hosensaums penibel auf gleicher Höhe mit dem Rist. Es ist, als hätten die Kerle, die diese Sorte Stiefel tragen, ein Abkommen getroffen, sich zu gleichen, in der Art, die Zigarette zu halten, in der Art, sich zu kratzen, egal, ob im Schritt oder am Hinterkopf. Letzteres tun sie aus Prinzip nicht, sie fahren sich statt dessen übertrieben langsam mit dem Daumen die Unterlippe entlang.

Noch während Jonas die beiden betrachtet, setzen sie sich in Bewegung, Schulter an Schulter. Sie überqueren die Straße, Kinn in der Waagrechten, jeder etwas zwischen den Lippen, der größere eine Zigarette, der andere ein Streichholz, das er, sowie er in der nötigen Reichweite ist, an einem Heftchen anreibt und brennend vor Jonas' Füße wirft. Er reißt ein neues Streichholz ab und beginnt auch dieses zu zerkauen: Schöner Tag heute.

–Ja, schöner Tag heute.

Der Größere zwinkert. Gleichzeitig verpaßt er Jonas

einen Schlag, daß die Fingerknöchel krachen und Jonas glaubt, sein Oberarm sei geborsten. Für einen Moment ist der Arm völlig lahm. Trotzdem will Jonas aufspringen, er will seine Position, noch ehe der stechende Schmerz Anstalten macht, sich loszuwinden, abwärts in den Arm zu sickern, verbessern, will sich zur Wehr setzen. Aber der Kleinere, der mit dem Streichholz, legt ihm eine Hand auf die Schulter: Du wirst doch bestimmt keine Dummheiten machen? Wir sind zwei, und du bist bloß einer.

Das stimmt. Seine Logik besticht, großartig, einfach großartig. Jonas bleibt sitzen. Er betrachtet die zwei Paar Stiefel der Vollständigkeit halber aus der Nähe, zugegeben mit einem Gutteil weniger Wohlwollen als zuvor.

– Es läßt sich nicht umgehen, sagt der Kleinere, daß wir das Bild mitnehmen. Das verstehst du doch?

Jonas blickt auf, um sein Schweigen besser zur Geltung zu bringen. Er versteht sehr gut, daß sie das Bild mitnehmen müssen, und will ihnen keinen Vorwurf machen. In Anbetracht der Tatsache, daß sie zwei sind und er nur einer, kann er sich mit dem Gedanken vertraut machen.

– Ich habe dich gefragt, ob du das verstehst?

Unbeteiligt, gelangweilt wiegt Jonas den Kopf. Er schaut zu Noemi, die sich mit einem offenen Lachen unter der Fontäne windet. Ein etwa sechsjähriges Mädchen, nur mit einer gräulichen Unterhose bekleidet, schreiend beim Lachen, lenkt mit beiden Händen den Hauptstrahl ab, bringt so die Regenbogen zum Blinken. Im Zwei-Sekunden-Rhythmus nimmt die Intensität der Farben zu, dann wieder ab. Manchmal verschwindet der hintere Regenbogen. Der Wasserstaub, der in der Luft schwebt, fängt tausendfach die Sonne, hüllt die Szenerie in dichten Glitter.

Ohne sagen zu können weshalb, ist Jonas froh, daß niemand, vor allem Noemi nicht, von seinen längst nicht mehr hausgemachten Schwierigkeiten Notiz nimmt. Er hätte nie gedacht, daß das Rauchende Mädchen eines Tages diese Bedeutung gewinnen würde. Niemals hätte er der Geschichte eine solche Dimension zugetraut, sowohl was die Anzahl der beteiligten Personen betrifft, als auch im Hinblick auf die Methoden, die mittlerweile zur Anwendung gelangen. Noemi betrachtend, überlegt er, welcher der Parteien, die ihn von rechts und links, also im Reißverschlußsystem bedrängen, seine neuen Bekannten zuzurechnen sind. Er überlegt, überlegt lange, überlegt im Grunde gar nicht, weil es ihm egal ist. Wer versteht schon die Zusammenhänge? Der Hosenladen wird am Ende immer klemmen. Sollen die zwei das Rauchende Mädchen zu demjenigen tragen, der am dümmsten ist.

Der Kleinere ist Jonas' Blick zu Noemi gefolgt. Er lockert seinen Griff, nimmt seine Hand wenig später weg, um das zerkaute Streichholz anzureiben. Ein Streichinstrument mit Temperatur, sehr schön, sehr sinnig. Er dreht das Streichholz, bis es rundum schwarz geworden ist. Als die Flamme zu seinen Fingern hochleckt, läßt er es fallen, genau über einem der Schuhe, die Jonas vor einer halben Stunde ausgezogen hat. Zwar trifft das Streichholz die Öffnung eines der Schuhe, doch erlischt die Flamme mit dem Aufprall. Ein Rauchfaden steigt aus dem Fußbett und zerkräuselt sich.

– Naß, wie das Mädchen ist, knistert an ihr bestimmt nichts mehr. Der Kleinere deutet in Noemis Richtung: Manche mögen es, wenn Frauen knistern, das Haar, die Wimpern, die Strümpfe. Aber ganz verständlich ist mir das nicht. Ich mag Mädchen lieber *so.* Auch die Blonde, die der Schilderfabrikant spazierenfährt, ist jetzt am Meer. Wenn du verstehst, was ich meine. Und du solltest mich verstehen, schließlich hast auch du deine Erfahrungen mit ihr.

Als jemand, der solche Gespräche selbst unter günstigeren Umständen nicht mag, zieht es Jonas vor, die Bemerkung nach außen hin zu überhören. Er schluckt leer. Er vergißt zu atmen, als der Mann sein Gedächtnis auf der Suche nach Anns Namen umkrempelt. Schließlich findet der Mann den Namen, wiederholt ihn mehrmals, als müßte er ihn auswendig lernen. In dem Moment, als Jonas ihren Namen hört, ist es, als müßte er noch einmal alles verlieren, was er schon verloren hat. Für einen Sekundenbruchteil fällt er mit allen Sinnen in eine beklemmende Leere. Zorn, Verzweiflung, die ganze Absurdität der letzten Tage drücken ihm das Herz ab. Dann, mit einmal, begreift er, daß etwas unendlich Vergangenes in sein Leben getreten ist. Seine Rechte schnellt vor und packt den Kleinen an den Eiern. Jaulend geht er vor Jonas in die Knie.

– Untersteh dich, diesen Namen noch einmal in den Mund zu nehmen.

Jonas löst seinen Griff. Er will aufspringen. Gleichzeitig saust ihm eine Faust aufs Ohr. Zuerst ein Knall. Dann die Ruhe inmitten des Aufruhrs. Das Atemholen. Allmählich abklingend breiten sich Wellen von Lärm und Schmerz wie Wasserringe aus. Die Ohrmuschel steht in Flammen. Auf der Handfläche findet Jonas einen Streifen Blut, weil die gestrige Wunde aufgeplatzt ist (Plätze sind unsere Paletten, Straßen unsere Pinsel).

– Was ist denn da los? He! Du Arschloch! Was fällt dir ein? Laß meinen Freund in Ruhe!

Noemi, die begriffen hat, daß Jonas keine Unterhaltung mit alten Kumpels führt, kommt schreiend angelaufen. Jonas bricht der Schweiß aus. Sie solle unter ihren Sprenkler zurückgehen. Das sei seine Angelegenheit. Ganz richtig, sagt der Größere und verstellt Noemi den Weg. Er stößt sie mit der flachen Hand zurück: Du darfst nicht so laut schreien. Wir befinden uns in der Ruhezone vom Krankenhaus.

Noemi schlägt nach ihm, ins Blaue, aber sie schlägt nach ihm. Rühr mich nicht an! Sie macht einen Bogen. Sie schmiegt sich an Jonas' Seite, der mittlerweile auf die Beine gekommen ist.

– Wer sind die? will sie wissen.

– Picone schickt uns, sagt der Kleinere.

Noemi wischt sich Wasser aus den Augen. Sie schaut Jonas an, der seinen Arm um ihre Schulter legt, der spürt, daß sie am ganzen Körper zittert.

– Wer ist Picone? will sie wissen.

Sie hat Angst, denkt Jonas, das ist verständlich, irrt sich, merkt es, als er Noemi erklärt, daß die Kerle nur das Bild wollten, weiter nichts. Sie könne ganz beruhigt sein.

– Beruhigt? Ja, spinnst du? Willst du das Bild diesen Hühnerdieben überlassen? Das darf nicht dein Ernst sein! Verdammt, gebt sofort das Bild zurück!

Sie schreit und stampft, daß sich die Männer, in Anbetracht des Widerstands, der ihnen entgegenschlägt, auf den Erfolg besinnen, bereits im Besitz des Bilds zu sein. Rasch bückt sich der Kleinere, greift nach Noemis und Jonas' Schuhen, wirft sie unter Noemis Protesten in hohem Bogen weg, alle so, daß sie außer Sichtweite landen. Auf einem Garagendach. In einem offenen Fenster. In noch einem Fenster. Noemi zappelt und windet sich, von Jonas umklammert. Sie schreit, sie beißt (wie Feuer beißt, wie Rauch in den Augen beißt), sie tritt ihn in der Absicht, ihn zum Loslassen zu bewegen, kommt aber nicht gegen ihn an. Der letzte Schuh, eine Sandale von ihr, landet auf einem dicht mit Grünzeug verstellten Balkon.

Schon rühren sich die ersten Vorhänge, Gardinen. Schon öffnen sich die ersten Fenster. Die ersten schließen sich. Picones Gehilfen schlendern Richtung Hauptstraße den Bürgersteig hinauf, werfen fünfzig Meter oberhalb des Hydranten bei einer Drogerie Münzen in einen Automaten, den auch Noemi und Jonas beim Herunterkommen passiert haben. Sekunden später fliegt eine von Noemis Sandalen aus einem Fenster zurück auf die Straße. Jonas applaudiert. Bravo. Dacapo.

– Was gedenkst du zu tun? will Noemi wissen. Du mußt etwas tun.

– Natürlich werde ich etwas tun. Ich sammle unsere Schuhe ein und warte, wenn es sein muß, bis es dunkel wird, damit ich eine Leiter aufstellen kann, um zu dem Fenster hochzusteigen, hinter dem mein rechter liegen muß.

28 Das Bergen der Schuhe gestaltet sich schwieriger als erwartet. Es kostet die beiden eine volle Stunde, da es sich als unumgänglich herausstellt, den Hausmeister eines der Wohnhäuser zu Rate zu ziehen. Widerwillig studiert der Mann sein Schlüsselbrett, derweil Noemi Jonas mit Fragen löchert. Sag mal, Samy, wer ist jetzt Picone? Wer steckt hinter diesen Ganoven? Wie haben sie uns aufgespürt? Was werden sie tun, wenn sie merken, daß sie an das falsche Bild geraten sind?

– Sie wissen nicht, daß es falsch ist, gibt er zur Antwort.

Noemi haut mit den Fäusten in die Luft, begleitet das Trommeln mit Schreien des Triumphs: Sie werden es hoffentlich von dem Werbeplakat auseinanderhalten können, das ich statt dem Rauchenden Mädchen eingepackt habe. Das Rauchende Mädchen steht im Badezimmer. Ich brachte es nicht übers Herz. Du hast es noch! du! du hast es noch! im Badezimmer!

Jonas: Es ist soweit, erschieß mich.

– Red keinen Blödsinn. Du wirst ein reicher Mann sein. Wir müssen zurück in die Wohnung, mit dem Bild zu einem Experten. Oder wir tauchen unter. Wir nehmen uns ein Hotelzimmer in einem noch schäbigeren Viertel als diesem, in dem uns niemand vermutet und erst recht niemand findet. Wir warten zwei Wochen, lassen die Zeit für uns arbeiten. Dann bestellen wir diese Constantin an einen geheimen Ort und knöpfen ihr eine Million ab … zwei Millionen.

– Oder machen eine Zielscheibe für Dart aus dem Bild und schauen, wer es schafft, die Zigarette zu löschen.

– Das könnte dir so passen. Wenn du keine Verwendung für das Geld hast, setz es im Casino auf Rot. In Monte Carlo. In Las Vegas. Hörst du? Wedding chapel. Nice day to start again.

– Las Vegas? Vielleicht. Aber bestimmt nicht auf Rot. Eine rote Kartonrolle war der Auslöser der Misere, mit einer Urkunde darin, die irgendwem bescheinigte, zur Sonnenfinsternis '92 am Südpol gewesen zu sein. Dann trat Ira Constantin auf den Plan, mit ihren roten Haaren. Dich verdanke ich der Beiwagenmaschine, der roten Beiwagenmaschine …

– Und die Dächer der Altstadt sind rot. Ferraris sind rot. Die Fahne der Sozialisten ist rot. Der Kamm eines Gockels. Radieschen. Der Schal von Isadora Duncan ist rot. Die Haare von Maureen O'Hara, von Pipi Langstrumpf, von Titus Feuerfuchs. Der Planet Mars ist rot. Himbeerlimonade. Der Granat, der Pyrop. Die Jakobinermütze ist rot. Die Lampen gewisser Etablissements sind rot. Der Plüsch auf den Zimmern. Das Flugzeug von Freiherr von Richthofen. Feuerwehrautos. Knutschflecken. Alles rot, rot.

– Vergiß nicht den Teufel! und Korrekturtinte! die sind ebenfalls rot!

Verärgert wirft Jonas seinen linken Schuh vom Garagendach, überzeugt, in seinem malträtierten Ohr noch immer ein Pfeifen als Resultat von dem Faustschlag zu vernehmen.

– Ich hab's gemalt! schreit er hinunter, in seinem ganzen Widerwillen: Ich, persönlich! Jonas Kreuzer! Und wieder in den Schuhen, im Hof: Es hat noch nach Farbe gerochen, als ich es Ann-Kathrin gebracht habe, nach Kaffee, weil ich das Papier mit einem Sud vergilbt, nach Rauch, weil ich das Bild angerußt hatte.

– Na und? Das war einmal. Jetzt ist es echt, verdammt. Alles andere ist Pedanterie. Sich der dummen Wirklichkeit nicht unterzuordnen, sich selber einzusetzen gegen die nackten Tatsachen, ihnen ein Schnippchen zu schlagen, das ist Kunst.

Jonas: Wahrscheinlich hast du recht. Genaugenommen ist die Kunst wie alles ein Betrug, und es ist durchaus möglich, mit einem Betrug zu leben, gut zu leben. Es wird allmählich Zeit, andere Saiten aufzuziehen. Interessanterweise ist es so, daß ich zu den Menschen gehöre, die man am ehesten dazu bringt, etwas zu tun, indem man versucht, ihnen dasselbe zu verleiden. Aus exakt dem Grund werde ich mich bis auf weiteres verhalten, als wäre das Rauchende Mädchen echt.

Sie kehren auf dem schnellsten Weg zur Wohnung zurück. Im Hausgang begegnen sie der Hausmeisterin, die gerade den Boden aufwischt. Drei Personen hätten nach Jonas gefragt, Franziska zu Mittag, kurze Zeit später Ann-Kathrin, die in Begleitung gewesen sei, zuletzt ein älterer Mann im Anzug, der ein Kuvert unter den Schuhabstreifer gelegt habe. Noemi rennt die Treppe hoch: Beeil dich! Hoffentlich mußte sich niemand die Hände waschen. Jetzt sperr schon auf!

– Warte, bis ich den Zettel gelesen habe. Er ist von Klara.

– Jetzt mach schon! Mach schon! Wir müssen das Bild verstecken. Oder wir verkaufen es noch heute, weil Abwarten nicht zeitgemäß ist, genau, weil Warten aus der Mode ist.

– Alle kommen, nur du nicht. Du bist mein Gast. Heute abend. Acht Uhr dreißig. Klara.

– Dann kannst du das Bild gleich mitnehmen. Denn wenn es falsch ist, mußt du es verkaufen, solange die Wogen hochgehen. Du mußt hinter ihnen her sein, während sie hinter dir her sind. Sie sollen nicht zum Denken kommen. Wir sind die Faust im Genick … Scheiße! Ich hab's geahnt … Sch-e-i-ße! Hierher hab ich das Bild gelehnt, hierher, neben das Waschbecken. Verdammt! Dieser Tag ist verflucht. So ein Pech.

– Kein Pech, sagt Jonas, der Normalfall. Das Leben wie eh und je.

– Blödsinn, sagt sie.

– Egal, sagt er. Das wär's wohl.

Er duscht kalt, eiskalt. Dann teilt er sich mit Noemi, die alle Schubladen und Fächer der Küche nach Eßbarem abgeklopft hat, das letzte, inzwischen beinahe hart gewordene Gebäck vom Vortag, dazu Anns Nutella und einen Liter Milch aus dem Kühlschrank. Sie trinken aus der Flasche, hastig, sabbernd, plappernd, Noemi, die sich noch immer nicht damit abfinden will, daß sie das Nachsehen haben. Er solle ein zweites Bild malen, ein zweites Rauchendes Mädchen. Das könne nicht so schwer sein. Er habe schon einmal eins gemalt. Er solle gleich fünf malen, den Markt verderben, daß diesem Picone und allen anderen die Lust vergehe, Menschen wegen nichts und wieder nichts blutig zu prügeln.

Aber Jonas will nicht. Das sei nicht seine Art. Er stopft die Margeriten in den Mülleimer. Er bläst die leere Brottüte auf und beschließt die Diskussion mit einem lautstarken Knall, als er die Tüte zwischen den wieder blumenlosen Händen zum Platzen bringt. So schnell geht das, Punkt, Schluß, aus, Feierabend, den Spargel kochen, das Walnußeis aus dem Gefrierfach, Fernseher an, Füße auf den Tisch.

Und weiter?

29 Die Mitte der Eingangshalle des Ozeaneums wird von einem Glaswürfel eingenommen, auf den Ira Constantin zuhält. Sie klopft mit einem Fingerknöchel gegen das bläuliche Glas, worauf die junge Frau, die inmitten von Souvenirs in dem Würfel sitzt, ihre Lektüre beiseite legt, aufsteht, sowie sie die Regelmäßigste aller Besucher erkennt: Die Hitze wird immer unerträglicher. Es rosten einem die Schrauben im Kopf.

– Nicht nur die Schrauben, erwidert Ira Constantin, auch die Pirouetten und Salchows. Der Sommer ist eine Geißel, ein ekelnder, nicht enden wollender feuchter Traum der Dinge. – Ob die junge Frau nicht auch an Fantasien schmieriger, biertrinkender Männer mit Pilzen unter den Achseln erinnert sei.

Sie wisse es nicht. Es sei eben eine Affenhitze. Sie hätte schon gedacht, sie, Ira Constantin, habe die Stadt wegen des unveränderlichen Wetters verlassen.

Sie täte nichts lieber, sagt Ira Constantin. Statt dessen schaue sie sich täglich auf Video Doktor Schiwago an und träume von Walrossen, die vor dem Fenster fliegen. Das sei ihre Vorstellung von Glück, einen Rollkragenpullover und einen Mantel tragen. Leider hielten sie Geschäfte in der Stadt. Es gebe immer jemanden, der an ihr reich werden wolle. Es gehöre nun einmal zu ihren Aufgaben, sich täglich dumm zu stellen, damit den Leuten der Glaube erhalten bleibe, daß es blinder Zufall sei, ob einer im Geld schwimme oder nicht. Sie sei sich ihrer sozialen Schuldigkeit bewußt.

Die Leute wüßten das zu würdigen, sagt die junge Frau. Bevor sie's vergesse, Filippus sei vorgestern eingegangen. Für den Fall, daß ihn Ira Constantin vermisse. Filippus habe ein nachlässig verlegtes Elektrokabel angeknabbert. Der Direktor sage, das werde ein Nachspiel haben.

Während die junge Frau redet, verkauft sie Eintrittskarten an ein Liebespaar. Einen Pinguin aus Plüsch. Sie kramt in einer Schachtel, wendet Ira Constantin den Rücken zu, ohne ihren Bericht zu unterbrechen. Der Kopf einer Zahnbürste ragt aus der Gesäßtasche der jungen Frau, und Ira Constantin denkt, daß es schön sein muß, jung zu sein, nicht zu wissen, ob man sein Badezimmer am Abend oder in drei Tagen wiedersieht. Ob die junge Frau am Abend mit ihr ausgehen wolle, isländische Küche? fragt Ira Constantin, einem Gefühl von Neid nachgebend, weil die Zahnbürste in der Gesäßtasche der jungen Frau bessere Pläne verheißt.

Sie wisse die Einladung zu schätzen, erwidert die junge Frau mit einem Lächeln der Verwirrung, aber für heute sei sie schon verabredet.

Ira Constantin nickt: Verkaufen Sie mir auch einen Plüschpinguin. Nein, nicht den, den größeren, sagt sie. Den größten.

Von der gierigen Kühle der Aggregate umfangen, drückt Ira Constantin ihre Nase, ihre Brüste, Schenkel an die Glasscheibe, die den Besucherkorridor von der arkadischen Arktis trennt, dem flittergoldenen Tablett der Pinguine. Lediglich ein einziger Vogel aus der sturmlosen Kolonie hält sich in dem von Ira Constantin einsehbaren Teil des Geländes auf, steht auf einem künstlichen Eisfeld ihr gegenüber, auf der anderen Seite eines Wassergrabens, der einen halben Meter über das Niveau des Korridors reicht. Wie der Pinguin heißt? Borromäus, Cyprian, Magdalena, Chryseldis?

So oder so ähnlich. Ira Constantin kennt nicht einmal Männchen und Weibchen auseinander. Sie weiß nur, daß es nicht Filippus sein kann. Und wer war Filippus? Keine Ahnung. Und die Frau hinter Glas? Ira Constantin? Nicht einmal der Pinguin zeigt Interesse an ihr. Er läßt sich von ihr auch nicht stören, obwohl sie an die Panoramascheibe klopft, zuerst verhalten, dann heftig, immer heftiger, wiederholt und wiederholt umsonst. Sorgfältig schnäbelt er durch sein Gefieder, seelenruhig, starrt dann, nachdem er die Flügel wieder angelegt hat, ungerührt vor seine Füße, in das beryllfarbene Wasser, in dem sich einzelne Pflanzen rühren, sich wiegen in der Strömung wie Hippies zu psychedelischer Musik.

Eigentlich sollte Ira Constantin froh sein, endlich Ruhe zu haben, froh, nicht mehr Auto fahren zu müssen, froh, daß ihre Haut nicht länger an der Kleidung klebt. Doch so unangefochten sie sich einerseits fühlt, so unberührt und geborgen von dem bläulichgrünen Licht, so frei von jeder Art unliebsamer Hand auf der Schulter, an den Brüsten, so einsam fühlt sie sich gleichzeitig, auf so hilflose Weise einsam, daß langsam, beharrlich Verlassenheit in ihr Blut sickert, eine seit Jahren gleichsam zum Hausrat gehörende, raumgreifende, Tage und Nächte beanspruchende, abscheuliche Stimmungen erzeugende Verlassenheit.

Ohne Rücksicht auf das Kleid, läßt sich Ira auf eine lederne Besucherbank fallen. Mit geschlossenen Augen horcht sie auf das Surren der Pumpen und Kühlaggregate, manchmal auf entfernte Schritte. Dann richtet sie den Oberkörper auf und wischt sich mit dem Ärmel der Jacke, die sie im Ozeaneum dank der niedrigen Temperaturen tragen kann, etwas Feuchte von den Wangen. Sie starrt auf den Pinguin. Unverrückt steht er in derselben Haltung, in konzentrierte Regungslosigkeit hineingefroren, als gäbe er sich ganz der gedanklichen Klarheit hin, die von der Kälte begünstigt wird. Sich aufgeben, denkt Ira. Sich verschenken und gewollt werden. Sie hebt die Rechte, erkennt jedoch bereits im Ansatz die Vergeblichkeit der Geste und läßt die Hand wieder sinken, sinkt zurück in die knarzende Besucherbank, wobei die zuvor gehobene Hand in ihrem Schoß zu liegen kommt und dort versucht, eine andere Hand zu sein, nicht die Hand dieser Ungehaltenen, Unhaltbaren, sondern eine fremde, zärtliche Hand. Fünf Minuten lang. Eine bedrückend lange Zeit, während der Ira auf Schritte horcht, die in benachbarten Korridoren hallen, die sich zu ihrem Bedauern aber nicht nähern. Denn sie wünscht sich aufrichtig, gestört zu werden, und ist froh, als ihr das Piepen des Telefons die Gelegenheit bietet zu tun, wozu sie alleine die Kraft nicht aufgebracht hätte: der Einsicht zu folgen, daß es sinnlos ist, aussichtslos, von vornherein unmöglich, dorthin zu gelangen, wohin sie sich wünscht, in einen Ich-weiß-nicht-wo-polaren-Freibeuterhafen, wo jemand sich ihrer Wunden verwundert, die Wunden leckt, die Lecke einer bis zum drohenden Untergang trunkenen Fregatte.

Mit übertriebener Geschäftigkeit holt Ira des Telefon hervor. Sie wirft das Haar herum, als ob es möglich sei, mit dieser Abruptheit das Gefühl der Verlassenheit zu bannen.

– Hallo? Was gibt es Neues? Was für ein Mädchen? Woher kommt sie? Irgendwas muß sich doch in Erfahrung bringen lassen. Typisch. Man darf sich nichts weismachen lassen. Es ist immer dasselbe. Diese Versager. Auch recht. Doch, heute noch. Wo denken Sie hin? Ausgerechnet. Ich mich mit solchen Sachen aufhalten? Morgen will ich nichts mehr davon wissen. Morgen langweile ich mich oder bekomme einen Tobsuchtsanfall. Mein Gott, was habe ich hier verloren? Sorgen Sie dafür, daß niemand fehlt. Niemand, hören Sie! Ellen wird er es nicht abschlagen. Vergessen Sie nicht, daß sie Klara heißt. Ach was, er weiß selber, daß es immer mindestens ein Dutzend Wahrheiten gibt. In etwa so. Ich verlasse mich auf Sie. Und eins noch, ich möchte mir den Film anschauen, den Constantin während unserer Flitterwochen gedreht hat. Was hat er immer gesagt? Er hat es viel schöner gesagt. Sagen Sie es noch einmal, schöner, Nikolaj. Schöner. Ja, so ist es gut. Was hat Constantin noch gesagt? Nikolaj, bitte, ich flehe Sie an.

We are all travellers. May your journey be save.

Ich komme aus Dingsda und sterbe in Dingsbums.

Der Himmel ist hoch und der Kaiser ist weit.

Ich erinnere mich, Nikolaj. Ich habe es vermißt. Der Himmel ist hoch und der Kaiser ist weit. Das hat er oft gesagt. Was hat er noch gesagt? Reden Sie. Was hat er noch gesagt? Bitte! Reden Sie!

30 Die Straßen sind aufgelockert, porös. Die Stadt schöpft Atem für eine schlaflose, schwüle Nacht, auf die das Leben notgedrungen, weichgedünstet ausweicht, da bei diesen Temperaturen nur die Nacht Erleichterung verspricht. Doch bis zur Dunkelheit bleibt Platz. Zwar ist die Dämmerung fortgeschritten, im trägen Sonnenstichschritt, aber noch geht der Stich ins Rote, vornehmlich über dem Horizont, wo der Himmel eine Denkerstirn aus Wolkenstrichen zieht, untenher auch violett, wo die Sonne den Wolkenstrichen den Bauch pinselt. Das ist ein typischer Anschein. Gleiches gilt für den Wind. Zwar aufgefrischt, aber kopflos, möchte man meinen, irrt er in den Gassen beim Dom, wo Jonas sein Fahrrad holt, orientierungslos umher, verquirlt die Gerüche, die Hitze, ohne sie mitzunehmen. Doch mit dem Erreichen der Hauptstraße, die zu den noblen Randbezirken im Osten führt, findet er, der Wind, dank der präzisen Beschilderung einen Ausweg, der erkennen läßt, daß er sich das Ziel gesetzt hat, in exakt die entgegengesetzte Richtung zu wehen, die Jonas mit Noemi auf dem Gepäckträger zum Ende der Geschichte eingeschlagen hat.

Noemi dauert der Weg zu lang. Der Weg ist zu kurvig, zu befahren, zu geschwind befahren in der Porosität des Abends. Sie seiert, will wissen, ob Jonas sicher sei, nicht wenigstens ein Auto zu besitzen (ja doch, aus Klorollen), wenn er schon leichtfertigerweise das Motorrad verschusselt habe. Sie ruiniere sich wegen Ira Constantins begehbarem

Kühlschrank, dem Kalkülschrank, von dem es heiße, daß Ira Constantin darin ihre Entscheidungen treffe, nicht den Hintern, auch Taxis gebe es überall (newspaper taxis appear on the shore, waiting to take you away). Aber Jonas, vorerst zufrieden, unterwegs zu sein, und froh, daß ihm ein Spielraum von wenigen dehnbaren Minuten bleibt, besteht darauf radzufahren. Acht Uhr dreißig, heißt es auf Klaras Zettel, den er erneut hervorholt. Eigentlich hätte er Lust, dem Tag die Chance zu verwehren, einen weiteren Haken zu schlagen, Häkel zu machen, Maschen zu drehen. Wer weiß, was von der Veranstaltung, zu der *alle, nur du nicht* eingeladen sind, zu halten ist. Die letzten drei Tage war Jonas in ständiger Bewegung, sie haben ihn reichlich Energien gekostet, und jetzt, da auch dieser Tag am Stock geht, will er sich keine unvorhergesehenen Anstrengungen mehr zumuten.

Den letzten Kilometer der Ohlmannstraße bemüht er sich dennoch zu bewältigen, ohne vom Fahrrad zu steigen. Aber Noemi hört nicht auf zu jammern, daß ihr der Hintern weh tue, Himmelherrgott, ich hasse Temposchwellen. Ihre Zähne schlagen aufeinander. Verdammt, hab ich's nicht gesagt? Also gehen sie zu Fuß, diese müden Schlußlichter, gedrungen durch einen Kurvenspiegel, zum elektronisch gesicherten Tor. *Betteln und Hausieren unerwünscht.* Dort klopft Jonas in Ermangelung einer Glocke, klopft gegen die Gitterstäbe, wozu er sich des Geigenkoffers bedient, den er dabeihat, weil er annimmt, daß seine momentane Neigung zu Hyperaktivität während der Nacht anhalten wird. Sie möge Klingeln auch nicht sonderlich, sagt Noemi, als er das Klopfen wiederholt. Sie stelle sich lieber unters Fenster und rufe *Johnny! Johnny!* Das will sie ihm beim Aufschwingen der beiden mächtigen, obenhin geschwungenen Flügel weismachen, bleibt dann nach wenigen Schritten zurück, um den tiefgrünen Park zu bestaunen, die mächtigen Bäume, die von Schlingpflanzen künstlich überwildert sind, kunstvoll beschildert sind, lateinischer und endemischer Gattungsname, Herkunft, Alter, die gewerbsmäßige Zähmung: gestatten, Picea polita, Tigerschwanzfichte, Japan, 1891.

Zum Haus hin nehmen die Bodendecker zu, die Kriecher, damit die Fenster nicht unnötig beschattet sind. Vereinzelt stehen sorgfältig beschädigte Skulpturen im Grün. Mannomann, sagt Noemi, das ist ja wie im Märchen. Dieser Constantin Constantin muß Schienen bis zum Mond verlegt haben, nehme ich an.

Als sie das Rondell vor dem Portal fast erreicht haben, klettert Nikolaj aus einem seitlich auf dem Schotterparkplatz abgestellten Opel Kapitän. Er grüßt ausdruckslos durch ein Kopfnicken. Er verändert auch keine Miene, als Jonas das Fahrrad mitten auf dem Weg abstellt und ihm die Schlüssel zuwirft. Der Hausdiener fischt sie geschickt mit dem minimalsten Aufwand an Bewegung aus der Luft. Er schiebt das Rad in Richtung der Garagen, die rechter Hand des Hauptgebäudes im vorderen Teil der ehemaligen Stallungen untergebracht sind.

Dann steht Klara im Portal, an den Rahmen gedrückt, durch dessen gigantische Ausmaße sie zerbrechlicher wirkt als ohnehin.

Noemi steigt als erste die Treppe hoch: Ich habe gehört, ihr habt einen begehbaren Kühlschrank. Stimmt das? Können wir ihn besichtigen?

– Ira hat gesagt, sagt Klara, du würdest kommen.

– Woher weiß deine Mutter, daß ich komme? fragt Jonas.

– Patrizia sagt, sagt Klara, Ira habe dich eingeladen.

– Nicht sie, du, sagt Jonas.

– Nicht ich, sie, sagt Klara.

– Hier ist der Zettel, sagt Jonas. Der ist doch von dir?

– Der ist nicht von mir, sagt Klara.

– Nicht wirklich?

– Wirklich, sagt Klara. Ira hat dich eingeladen. Patrizia sagt es. Patrizia weiß es. Patrizia und Nikolaj stecken ständig die Köpfe zusammen. Es ist immer dasselbe mit den Dienstboten, behauptet Ira. Demnächst werden sie noch heiraten, Kinder kriegen, auch das behauptet Ira. Auch, daß Patrizia schon einen Bauch hat. Das wäre ein Schlag, bei aller Nachsicht, auch das sagt Ira. Aber ich könnte Brautjungfer sein. Ein Gedicht vortragen oder etwas vorsingen. Wir zwei. Wir drei. Am Nachmittag war Nikolaj in der Stadt. Er hat mir die Schallplatte gekauft. Pictureyourselfinabootonariver. Wir haben sie auf E4 untergebracht anstelle von *Fox on the run.* Wie heißt sie?

– Wer?

– Die Frau, sagt Klara.

– Noemi, sagt Jonas.

– Soll ich Noemi unseren Kühlschrank zeigen?

– Unbedingt.

Indem sich Klara nachdenklich die Nasenspitze am Handrücken reibt, stimmt sie zu. Sogleich hißt Noemi ein Lächeln, die Falten zu den Flanken der Nase hin wie bei fauchenden Katzen: Und was ist das, qu'est-que-c'est? will sie am linken Ende des Vestibüls wissen, worauf ihr Klara die Funktionsweise eines in armenischer Tracht gekleideten, mechanischen Trickspielers demonstriert, wahllos an einigen der marionettenartigen Schnüre zerrt, die unter dem Tisch, hinter dem der Trickspieler sitzt, an Griffen enden. Die Puppe vollführt abgehackte und unkoordinierte Bewegungen, die einen schmerzhaften Effekt der Besessenheit erzielen. Noemi hält das nicht davon ab, der Schaustellung mit demütigem Schweigen zu folgen.

Später drückt Klara an der Musikbox E4. Und Jonas drückt sich in der Halle herum, läßt mit der Schallplatte seine Gedanken kreisen, bis Klara und Noemi aus der Küche zurückkehren, erneut E4 abrufen und Jonas zum Trakt schleppen, der rechts vom Treppenaufgang wegführt. Noemi berichtet, daß es hinter der Küche tatsächlich einen begehbaren Kühlschrank gebe. Stell dir vor, sagt sie, das ist wunderbar, da drinnen funkelt es wie in einem Eispalast.

White Wedding.

Dann das Herrenzimmer.

Das Musikzimmer.

Wieder E4.

Die Bibliothek.

Wieder Bilder, wie überall, in allen Zimmern, die Jahrhunderte durcheinandergewürfelt. Aus jedem Jahrhundert ein Hund.

Ein Meister vom Tode Mariä.

Van Meegeren.

Daneben Malskat.

Die Orangerie.

Wieder E4, Jonas, der drückt, der Klara fragt, ob Ira zu Hause sei.

– Wo sie dich doch eingeladen hat, sagt Klara.

– Stimmt, sagt Jonas. Ich habe es vergessen. Du würdest kein Papier mit Karos verwenden, Sicherheitsnetzpapier für Leute, die sich nur scheinbar gefährden wollen.

Ohne darauf einzugehen geht Klara weiter, einmal links, dann zu einer gepolsterten Tür. Sie wartet, lange, wie es Jonas scheint, bis sie wieder zu reden anfängt. Es sei schon Besuch da. Patrizia lausche immer. Patrizia sage, Ira führe die Leute mit deren eigenen Erfindungen an der Nase. Klara verzieht das Gesicht, als hätte sie in eine Zitrone gebissen oder als sagte sie etwas, das ihr selber nicht geheuer ist.

Die Wirklichkeit als Gesamtheit der Illusionen, die Welt.

The girl with the kaleidoscope eyes.

31 Die Unterhaltung verstummt augenblicklich, als Jonas den Raum betritt. Die Stille, die er mitbringt, füllt jede Fuge, jede Ritze, legt sich wie Glasur über die Gesichter, macht sie wie aus schwerem Porzellan. Sein Blick geht in die Runde. Dreimal mußt du rummarschieren, beim dritten Mal den Kopf verlieren. Er ist sich unsicher, ob es ihm gelingen wird, sich dem drohenden Verlust zu widersetzen.

– Wie geht's? fragt Ann-Kathrin.

Wach auf, sagt sich Jonas, in solchen Augenblicken braucht es kaltes Blut. Aber sein Herz flimmert, schlägt das Blut auf, als ginge es mit einem Schneebesen zu Werke. All das Kribbeln, das sich zwei Jahre in den Einbahnstraßen der Venen und Arterien drehte, verweigert sich, geht seine eigenen Wege. In den begehbaren Kühlschrank, denkt Jonas. Er muß beinahe lachen, daß er in dieser Situation nichts Besseres zu denken weiß. Aber dorthin fühlt er sich versetzt, als Ira Constantin unverfroren, aber mit einem Pullover bekleidet, der beim bloßen Anblick juckt, ihr teures, nicht teures, ihr Straß-Lächeln aus dem Futteral holt, dem die Nuancen des Vormittags fehlen, als mime sie es ohne Anteilnahme, ohne Ambition auf Glaubwürdigkeit. Sie sagt – mit Wendungen weiß sie weiterhin umzugehen: Jemand wird das Bild am Ende an den Nagel hängen.

Die Wörter stehen im Raum, in einem Leerraum mit reichlich Platz für falsche Folgerungen, Vermeintlichkeiten, Mißverständnisse, Irrtümer. Dann gelingt es Jonas, die

Wörter mit der Fliegenklatsche zu erledigen. Jetzt sieht er klar. Klar, es ist gut, daß er gekommen ist, damit dieses Spiel ein Ende hat, das Spiel, das die einen spielen, die anderen leben müssen, ein Spielzeug in dem Spiel. Karnickel. Es wird ein Nagel im Darm sein, sagt er. Gleichzeitig löst Ira die gespreizten Finger von ihrem Schreibtisch, einem aufwendigen Sekretär, der jede Menge Geheimfächer vermuten läßt. Caspar kommt auf ihn zu, streckt ihm die Hand entgegen: Reden wir von Mann zu Mann, sagt er. Er lenkt Jonas für einen Moment von Ann-Kathrin ab, die jetzt vor einem verglasten Bücherschrank steht, die Titel der Werke liest oder einfach nur anstarrt. Jonas versteht nicht, was Caspar meint, wenn er sagt, von Mann zu Mann reden zu wollen, ob das zuletzt eine Heimtücke ist. Nicht einmal die Hand versteht er, die Caspar nach ein oder zwei Sekunden mit dem haarfeinen Hauch eines Lächelns zurückzieht, und um die Jonas, nachträglich, einen Bogen macht, wissend, daß er seine Arbeit in der Schilderfabrik endgültig in den Wind geschossen hat.

Trotzige Bemerkungen klopfen in seinem Kopf. Er behält sie für sich, weil er es satt hat, sich und anderen nur immer wieder sich selbst zu beweisen.

Er geht zu einem der Fenster gegenüber der Tür.

Draußen ist es beinahe dunkel. Im Hinausblicken sagt er sich: Was gibt es Besseres, als niemandem die Hand schütteln zu müssen. Ein Händedruck ist immer ein Versprechen auf mehr. Aber er hat nichts zu versprechen, nichts, auch nichts zu halten. Er dreht sich auf dem Absatz um. Sein Blick bleibt neuerlich an Ann haften, sein Geruchssinn an ihrem Parfum, einem vollständigen Duft der Strenge, einem Geruchsstrang, geradeaus, wie ein Schuß ins Schwarze.

Nur Klara blüht in dieser Tatenlosigkeit. Sie umrankt mit vielerlei Händen das verwunschene Ensemble, nennt Noemi die Besonderheiten der Möbel, darunter einen Degen, dessen Griff eine Verzierung am Schreibtisch ist. Sie steigt auf einen Stuhl und zieht den Degen heraus. Plötzlich ist Bewegung im Raum. Klara ficht mit dem Degen zum Fenster. Noemi folgt ihr, wischt Jonas im Vorbeigehen eins über den Hinterkopf. Sie reißt das Fenster auf. Ein schwerer süßer Duft von Flieder, eine begehrliche Nacht verheißend, bedient sich des ersten Luftzugs, um in den Raum zu fließen, ein Glassturz über Ann, plötzlich unnahbar, unberührbar, unberührbarer noch als eben erst.

Noemi beugt sich nach draußen: Teufelnochmal, da drunten hat gerade ein Glühwürmchen sein Licht angeknipst.

Sie fegt herum. Sie dreht den Kopf in alle Richtungen. Sie vermufft, als niemand reagiert, die Finger in den Hosentaschen. Ira Constantin indes, das Haar diesmal offen, in einem großen, roten Wust, den sie mit beiden Händen unter Kontrolle zu bringen versucht, fordert Klara auf, den Unsinn zu unterlassen. Geh nach oben, Ellen! Aber Klara, und nicht nur sie, spürt den Anflug von Unsicherheit in Iras Stimme, den deutlichen Anflug von Unlust, überhaupt hier zu sein, widersetzt sich dem Befehl, und rumms! rattert der Rolldeckel von einem Aktenschrank in die Höhe. Berge verschnürter Papierrollen purzeln heraus, rollen über den Boden.

– Bilder der vergänglichen Welt, sagt Ira Constantin. Ihre Hände fallen herab. Sie nimmt eine steife Haltung ein: Japanische Holzschnitte, in die Constantins Porzellan eingewickelt war. Sie fährt sich ein weiteres Mal durchs Haar, flüchtig, als wolle sie den inneren Anlauf verdeutlichen, den sie gleichzeitig nimmt. Sie sieht müde aus. Ihre ganze Erscheinung verrät jetzt Trauer und Erschöpfung, schon wieder ein neues Gesicht? … aber nein, selbst diese Trauer und diese Erschöpfung charakterisieren sie nicht, heben lediglich auf, was vorangegangen ist, sind ein ähnlich Zerfließendes, Haltloses. Sie deutet – mit der Hand aus ihren Haaren kommend – auf das Rauchende Mädchen, das am Schreibtisch lehnt, mit dem Blick auf Ann-Kathrins Rücken, die dem Bild genau gegenüber steht, läßt, noch ehe sie zu reden beginnt, die Hand wieder sinken: Nach meinem Dafürhalten sind Sie derjenige, Herr Kreuzer, der über das Bild entscheiden sollte.

Sie setzt sich an den Schreibtisch, massiert mit zwei Fingern ihre rechte Schläfe. Ihr Blick geht zu Caspar, Caspar zwei Schritte zum Schreibtisch, mit einem fragenden Blick zu Ann-Kathrin, die in dem Moment eine Zigarette aus ihrem Etui holt, als Jonas das Bild vom Boden hochhebt. Nach mehreren Versuchen springt eine Flamme aus Ann-Kathrins Feuerzeug. Sie bläst den Rauch des ersten Zugs gelassen zur Decke. Ein Zwinkern. Ein Lächeln zu Jonas hin, das Lächeln geht nicht, es humpelt über ihr Gesicht, ein Lächeln, das Jonas von fern wahrnimmt und irgendwo im Leeren stürzen sieht. Für einen Augenblick glaubt er zu wissen, daß sein Herz ein leeres Magazin ist, daß er niemanden liebt, nur den absurden Stolz, sich am Leben zu fühlen. Er stellt das Bild auf einen Vorsprung in Hüfthöhe, wo die unterste Regalreihe ansetzt. Er tritt zurück, um das Bild besser betrachten zu können, das Rauchende Mädchen, diesen Schein, diesen Schwindel, diese Lüge.

Drei Tage lang hat man es für echt genommen, einen Namen für das Mädchen gefunden. Man hat es bewundert und hoffnungsvolle Spekulationen daran geknüpft. Sogar Jonas, der es besser wissen muß, hat sich mitreißen lassen. Wenn das Bild imstande ist, diese Wirkung zu erzeugen, wenn es imstande ist, die Leute glauben zu machen, daß es ist, was es nicht ist, hat es sich in dem Fall die Echtheit nicht verdient?

Ist das Rauchende Mädchen nicht längst bis ins Zwerchfell hinein legitim?

Jonas erschrickt, als er diese Möglichkeit bedenkt, selig und verzweifelt, die malerische Ruchlosigkeit geschaffen zu haben, dieses Bild, von dem der Raum erfüllt ist, so echt, so unantastbar, unwandelbar, daß ihn die Angst überkommt, vom Sog des Lebens, das das Mädchen während der letzten Tage gewonnen hat, erfaßt zu werden. Wach auf, Jonas, in diesen Augenblicken braucht es kaltes Blut. Wach auf. Doch so einfach geht das nicht. Es dauert Sekunden, bis ihn die schlichten, die billigen Tatsachen wieder erfassen, bis er begreift, bis er mit Händen greifen, festhalten kann, daß alles nur zufällig ist, das Rauchende Mädchen, blond beabsichtigt, aus Spielerei dunkelhaarig gemalt, etwas eigensinnig, etwas eigenwillig, damit es namenlos bleibt, nach seinem Ermessen, Strich für Strich.

Jonas kommt zu sich. Seine gelassene Ankündigung, er beabsichtige nicht, das Bild mitzunehmen, verfehlt ihre Wirkung nicht. Unschlüssige Blicke werden gewechselt, überbrücken die Zeit, die Jonas benötigt, um dem Geigenkoffer zwei Spraydosen zu entnehmen. Rot und schwarz. Er ist allein mit dem Mädchen. Er wirft den Kopf herum und vervollständigt das Bild nach seinen Vorstellungen, in seiner Handschrift. Niemand startet den Versuch, ihn zurückzuhalten. Irgendwo draußen schreit ein Vogel die Nacht an.

Das Zeichen für *Vorsicht Gegenverkehr* paßt genau in das weiße Hemd des Mädchens. Im Schwung der Körperlinie, in Korrespondenz mit der stark ausgeprägten Hüfte, führt Jonas ein langgestrecktes, untenhin nicht gekrümmtes Fragezeichen aus, in der Form, in der es als Typenzeichen an elektronischen Schreibgeräten Verwendung findet. Er setzt noch vereinzelt Querstriche, Bastardbalken, die Hand weit vom Körper wie Fechter in billigen Abenteuerfilmen, eine

Improvisation zu Klaras en garde! Schon besser, denkt er. Er stemmt zwischendurch die Hände in die Seiten. Ein Kunstwerk, welch ein Kunstwerk stirbt mit dir. Welche Illusion? Welche Fiktionen von uns selbst? Wie blaß und farblos ist mit einmal die Welt, wie leer, so voller Nichts (wie das hundertschichtige Herz aus Pappmaché). Dann verstaut er das Werkzeug im Kasten. Er zieht die Farbnebel tief ein, als müsse er die Vertrautheit dieser Wahrnehmung verinnerlichen. Die allerletzte Chance.

Das wär's dann wohl. Wie man so sagt, der Fall ist jetzt erledigt. Daß all dies vorkommen kann in einem heißen Sommer, wäre zu wissen gewesen. Drum auf Wiedersehen, auf ein ähnlich gelungenes, verschiedenes, Madame, Ira Constantin, Klara, auf Wiedersehen. Auf Wiedersehen, Caspar, Ann, Ann-Kathrin, Liebes, Schönes, gut getroffen, den Kopf, zurückgelegt, genießerisch, die Wangen, leicht eingesogen vom Rauchen, die Zigarette zwischen den Fingern, und über der Zigarette das Kräuseln des Rauchs, dich verschleiernd, dein Bild verschleiernd, zur Decke steigend. Kunstvoll.

Plötzlich ein gellender Pfeifton und Wasser, überall Wasser, eine kopfstehende Fontäne, die sich aus dem Sprenkler über das Zimmer fächert, über den fehlenden Brand.

32 In der Halle drückt Jonas E4. Es ist dunkel geworden. Auf der Treppe zum Portal kommt ihm der Mond entgegen. Rötlichblond geht der schmerbäuchige Possenreißer über den Bäumen auf, ein Zeichen, daß trotz des vortägigen Regens noch jede Menge Staub die Atmosphäre erfüllt. Jonas rennt dem Mond entgegen. Hinter sich hört er Schritte. Kies knirscht. Aber Jonas dreht sich nicht um. Er schaut auf die große rötlichblonde Halbscheibe und denkt sich, vielleicht laut, vielleicht leise, der alte Scheißkerl dreht sich auch nie um.

EPILOG

– Muß es unbedingt ein schlechtes Zeichen sein, daß wir die einzigen sind, die mit diesem Bus fahren? Das kann doch auch heißen, daß wir privilegiert sind, daß wir dorthin gehen können, wohin sonst niemand geht.

Noemi wirft ihre Tasche auf die vorletzte Bank, setzt sich dahinter ans Fenster, die Beine über der Lehne der Vorderreihe, die Hände im Genick. Jonas wiederum, zwei Koffer absetzend, die Augen verdrehend, rennt nach vorn, raus aus dem Bus, und holt den dritten Koffer, den Geigenkoffer.

– Es kann losgehen, sagt er zum Fahrer, der in der Sonne steht, die Brille putzt.

– Wir warten noch. Fünf Minuten. Ich mag es nicht, wenn wir zu früh dran sind, weil niemand zu- oder aussteigt.

Jonas setzt den Koffer wieder ab. Er nimmt den Geigenkasten und geht vis-à-vis in einen Stehimbiß. Kommt mit zwei Tüten zurück. Den Geigenkasten hat er liegenlassen. Er mag ihn nicht mehr, braucht ihn nicht mehr. Hat ihn nur mitgenommen, weil Ann-Kathrins Wohnung nicht der richtige Ort für ihn war. Ein Stehimbiß dagegen: sehr viel besser. Jemand wird mit den Spraydosen Mobiliar lackieren, Blumentöpfe in den Kasten stellen, Katzen werden in dem Kasten jüngeln, Kinder ihn kaputtspielen. Irgendwas. Hauptsache, niemand kommt auf die Idee, Jonas hinterherzulaufen: Sie haben Ihren Geigenkoffer vergessen!

– Sie irren sich, der gehört mir nicht. Eine Verwechslung. Auf Wiedersehen.

Oder Noemi: Du hast deinen Geigenkoffer vergessen.

Und Jonas, ebenfalls in der letzten Bank, in der Mitte, beinfrei zum Mittelgang: Bleib mir bloß damit vom Leib. Ich brauche ihn nicht. Ich will ihn nicht mehr. Trag mir nicht Dinge nach, die ich loswerden will. Ich frage mich, ob der Ort, an dem du wohnst, der Ort ist, an den man gehen muß, um den Dingen, die man zur Hölle gewünscht hat, nicht mehr zu begegnen.

Noemi blickt über den Busbahnhof, auf die disziplinierten Warteschlangen. Tauben gleiten eine Handbreit über den Köpfen der Wartenden über den Platz, landen, wo gerade ein Bus den Terminal verlassen hat.

– Ist ein sagenhaft toller Ort, von dem es nicht einmal Postkarten gibt. Er läßt dir alle Freiheiten, eignet sich weder zur Hölle noch zum Himmel. Dort wird dir nichts begegnen, was du nicht mitgebracht hast. Es wird dir gefallen. Keine blonden Frauen, nicht eine, von der ich wüßte.

Jonas legt die ausgestreckten Arme über die Lehne der Sitzbank. Er fühlt sich erschöpft. Abschiede sind immer schwierig, weil man nie weiß, was geht und was bleibt. Am liebsten würde er auch die Koffer zum Fenster hinauswerfen. Seine weißen Jeans sind schmutzig, wo sich die Koffer am Stoff gerieben haben, Staub aus der Abstellkammer. Aber die Jeans haben mit diesem Staub nichts zu tun. Dieses Durcheinander ist ihm unangenehm. Er muß sich zwingen, an die Koffer zu denken, die er nicht mitgenommen hat, an die leeren Bäuche, die er herumschleppt.

Ein Rütteln geht durch den Bus. Endlich. Kleine Wolken Zigarettenrauch drehen sich über die Schulter des Chauffeurs in den Mittelgang. Der Bus fährt los. Eine Temposchwelle. Über die Kreuzung, deren Himmel von Drähten und Kabeln segmentiert ist. Das Licht tropft von den Kabeln, von den Drähten, tropft auf die Straße, auf den Bus. Zwei Nonnen spazieren rechts den Gehsteig entlang, die androgynen Gesichter im Passepartout der geflügelten Hauben hübsch, aber blaß, schlecht gerahmt. Massive Passionskreuze hängen um die keuschen Hälse, von den schwarzen Soutanen deutlich abgehoben, glitzernd im Sonnenlicht, wie geleckt. Das dauert einen Mo-

ment. Dann ist es längst vorbei. Andere Bilder folgen. Übersehenes. Fragmente. Ein verhunztes Stoppschild, ach ja, welche Medizin hat da gewirkt? wird man sich fragen, wo ist der Sauhund hin, der all die Straßenschilder verschandelt hat? Muß überfahren worden sein. Der Bus macht einen Bogen um den Dom. Die Rohrichstraße hinunter. Die Haltestelle, wo der Wind das rote Halstuch angelandet hatte. Erneut die roten Dächer der Altstadt. Zehn Minuten später die aus Autowracks aufgetürmten Sandwiches neben der Ausfallstraße Richtung Westen.

– Und was ist mit dem Winter? fragt Jonas. Wie wird der Winter sein? Wird er dem Sommer in der Stadt ähneln? Ich bin überhaupt gespannt, ob es diesen Postcontainer gibt. Die Goldene Ente. Ob die beiden nicht so ein Karnevalskragen sind wie der Rummelplatz von deinem Onkel.

– Traust du mir zu, daß ich in der Lage bin, derlei zu erfinden? Ich glaube nämlich nicht, daß die Post oder die Ente Dinge sind, die es sich zu erfinden lohnte, wenn es sie nicht gäbe. Lügen ist die große Freiheit derer, die nichts haben, zur Verkomplizierung der Einfachheit.

– Und die kleine Freiheit derer, die alles haben, zur Vereinfachung der Kompliziertheit.

– Du glaubst also weiterhin, daß Ira Constantin von Anfang an gewußt hat, daß das Bild falsch ist?

– Sicher. Sie ist, was sie sagt, Captain Hook, eine Märchenweltvernichterin, weil sie selber nicht dazugehört oder nicht auf der Seite steht, auf der sie gerne stehen möchte.

– Die Ärmste … Man sollte sie trotzdem in die Tropen verbannen.

– Ach, laß sie. So groß kann die Genugtuung, daß alle auseinanderspringen und niemand Veranlassung hat, glücklicher zu sein als sie, nicht sein.

– Zumal sie ihre Rechnung ohne mich gemacht hat. Ich bin glücklicher als sie.

– Ein Mechanismus des Zufalls. Verdammtes Pech.

– Verdammtes Glück.

– Und nächste Woche macht eine andere deinen Job, von wegen dienstlich verreist.

– Das hättest du wohl gerne. Aber die großen Schwindeleien fliegen nicht auf. Wenn ich verschlafe, bleibe ich den ganzen Tag zu Hause. So komme ich nie zu spät.

– Wir kommen immer zu spät.

– Hör endlich auf. Woher nimmst du die Gewißheit, daß nichts je gutgeht? Zum Beispiel, daß Ann-Kathrin und Caspar kein Paar werden? Wie kannst du dir da sicher sein?

Jonas schüttelt den Kopf. Draußen brüsten sich Wohnblocks in der Sonne, gehen immer mehr auf Abstand zur Straße, als wollten sie nichts damit zu tun haben, daß die Straße geradewegs ins Nichts führt, auf einen leeren Horizont zu.

– Wenn du mich fragst, waren Caspar und Ann bereits gestern meilenweit voneinander entfernt. Heute kennen sie sich nicht mehr. Ann-Kathrin brauchte Caspar, damit er sie vom Zug stößt. Zum Springen war sie zu feige. Jetzt stürzt sie sich in einen neuen Zusammenhang, was weiß ich, geht morgen ins Ausland, läuft unter fernen Oliven, geht dort spazieren. Und Caspar hat die Fabrik, seine Bilanzen, die er im Bett lesen kann. Schade ist, daß es kein Theater mehr geben wird, nicht nächstes und nicht übernächstes Jahr. Auch Franziska geht weg. Im Herbst. Ein Job an der Küste. Sie hat den Vertrag bereits unterschrieben, und da sie den Bus mitnimmt, läßt sich annehmen, daß es ein guter Vertrag ist. Was so eine Überstellung kostet, kann man sich ausrechnen. Von alleine fährt der Bus nicht. Er muß abgeschleppt werden, zwanzig Kilometer die Stunde. Das dauert garantiert zwei Tage.

– Vielleicht kommen sie durchs Dorf. Stell dir vor. Die Post liegt an der Straße. Bei uns liegt alles an der Straße, auch die Goldene Ente. Mensch, wie ich mich freue! Franziska kann bei uns übernachten. Du wirst der Post einen Anstrich verpassen. Ich hänge eine Fahne

zum Fenster raus. Dann machen wir ein Fest in der Ente. Wir laden jedermann ein. Franziska. Ann-Kathrin und Caspar. Ich wette, sie werden verheiratet sein. Und Klara oder Ellen oder Jessie oder Dorothea oder Grazia, Isolde, Lucy, wie sie heißen mag. Patrizia und Nikolaj. Die werden auch verheiratet sein. Und Ira Constantin. Sie soll's dem Brautpaar sagen, dem du die Beiwagenmaschine geklaut hast. Und dem Dicken vom Strandbad. Picone dürfen wir nicht vergessen. Und den Tankwart. Meinetwegen den Busfahrer. Alle werden kommen.

– Herrgott, was ist jetzt mit dem Dorf? Das müßte es doch gewesen sein?

Arno Geiger im dtv

»Arno Geiger schreibt große Literatur, mit jonglierender und doch so bodennaher Kunst wie man sie kaum findet im neuen Österreich oder sonst wo.«
Franz Haas in ›Der Standard‹

Schöne Freunde
Roman
ISBN 978-3-423-**13504**-7
Die phantasiereiche Geschichte eines Kindes, das auszieht, erwachsen zu werden. Ein Roman, der die Untiefen der menschlichen Seele berührt und doch durch und durch komisch ist.

Kleine Schule des Karussellfahrens
Roman
ISBN 978-3-423-**13505**-4
Philipp ist ein moderner Taugenichts. Als er der unorthodoxen Lila begegnet, die eine Vorliebe für Pflastersteine und klirrende Fensterscheiben hegt, wird er aus dieser Lethargie jedoch aufgerüttelt. Denn Lila erweist sich als Virtuosin in der Kunst, mit diesem ordentlichen, allzu vorgezeichneten Leben einmal gründlich Karussell zu fahren…

Es geht uns gut
Roman
ISBN 978-3-423-**13562**-7
Philipp Erlach hat das Haus seiner Großmutter in der Wiener Vorstadt geerbt, und die Familiengeschichte, von der er definitiv nichts wissen will, sitzt ihm nun im Nacken. Deutscher Buchpreis 2005.

Irrlichterloh
Roman
ISBN 978-3-423-**13697**-6
Fünf Menschen auf der Suche nach der Liebe und sich selbst – ein wunderbar abgedrehter Liebesroman voll Witz, Drive und lodernder Phantasie.

Anna nicht vergessen
ISBN 978-3-423-**13785**-0
Über Liebesdesaster und Lebensträume, über Menschen, die nicht vergessen werden wollen: Arno Geigers brillante Erzählungen.

Alles über Sally
Roman
ISBN 978-3-423-**14018**-8
Alfred und Sally sind schon lange verheiratet. Das Leben geht seinen Gang, allzu ruhig, findet Sally. In einem Anfall von Lebenshunger beginnt sie ein Verhältnis mit Alfreds bestem Freund…

Bitte besuchen Sie uns im Internet: www.dtv.de

John von Düffel im dtv

»John von Düffels Art zu schreiben ist von meisterhafter Eleganz und berückender Aufrichtigkeit. Er führt keine Geschichten vor, sondern er begibt sich hinein, mit sowohl sprachlicher als auch psychologischer Genauigkeit.«
Undine Materni in der ›Sächsischen Zeitung‹

Vom Wasser
Roman
ISBN 978-3-423-**12799**-8
Die Geschichte einer Papierfabrikantendynastie, erzählt von einem, der wie magisch angezogen immer wieder zum Wasser zurückkehrt.

Zeit des Verschwindens
Roman
ISBN 978-3-423-**12939**-8
Es gibt über jeden Menschen einen Satz, der ihn zerstört. Niemand darf ihn aussprechen … »Ein spannendes Buch, das es schafft, ohne Wertung in die Abgründe einer Seele zu sehen.« (Hamburger Abendblatt)

Schwimmen
ISBN 978-3-423-**13205**-3
Das Schwimmen: eine Passion. Immer wieder verbinden sich im Wasser Sehnsucht und Angst, Schönheit, Gefahr und Triumph.

EGO
Roman
ISBN 978-3-423-**13111**-7
Ein Turbo-Egoist im Fitness- und Karrierewahn: eine irrwitzige Psychostudie. Rasant, komisch, scharfsinnig.

Houwelandt
Roman
ISBN 978-3-423-**13465**-1
und dtv-AutorenBibliothek
ISBN 978-3-423-**19133**-3
Der achtzigste Geburtstag des Patriarchen soll drei Generationen der Familie Houwelandt nach langer Zeit wieder zusammenbringen. »Wir denken immer, die großen Familienromane können nur die Amerikaner oder Thomas Mann schreiben – falsch: Von Düffel kann es auch!« (Elke Heidenreich in ›Lesen‹)

Hotel Angst
ISBN 978-3-423-**13571**-9
Die Geschichte eines magischen Ortes – Bordighera um die Jahrhundertwende der Belle Epoque.

Beste Jahre
Roman
ISBN 978-3-423-**13907**-6
Ein dramatischer Roman über spätes Elternglück.

Ingo Schulze im dtv

»Das ist nicht Wende-, das ist Weltliteratur.«
Elmar Krekeler in der ›Welt‹

Eine Nacht bei Boris

ISBN 978-3-423-08222-8

»Alles kannst du neu haben, nur keinen alten Freund«, sagte Boris oft. Und Susanne sagte: »Besser keinen als so einen.« In seiner typisch unprätentiösen Art erzählt Ingo Schulze über die Ereignisse einer Nacht, an deren Ende ungeahnte Enthüllungen stehen …

33 Augenblicke des Glücks
Aus den abenteuerlichen Aufzeichnungen der Deutschen in Piter
Erzählungen

ISBN 978-3-42 3-12354-9
und dtv AutorenBibliothek
ISBN 978-3-423-19129-6

Traumhaft schöne Geschichten aus einer Stadt, die schon Generationen von Schriftstellern, Künstlern, Musikern – und Lesern fasziniert hat: Petersburg. Ingo Schulzes hochgelobtes Prosadebüt.

Simple Storys
Ein Roman aus der ostdeutschen Provinz

ISBN 978-3-423-12702-8

Das ostthüringische Altenburg, einst kaiserliche Pfalz, umgeben von Chemie-Industrie, von Braunkohle- und Uranabbau, gesäumt von lieblicher Burgenlandschaft: In 29 scheinbar »einfachen Geschichten« offenbart sich hier jener dramatische Bruch, der sich nach 1989 durch so viele ostdeutsche Biographien zieht.

Neue Leben
Roman

ISBN 978-3-423-13578-8

Ostdeutsche Provinz, Januar 1990. Türmer, Theatermann und heimlicher Schriftsteller, kehrt der Kunst den Rücken und heuert bei einer Zeitung an. Unter der Leitung seines Mephisto, des allgegenwärtigen Clemens von Barrista, entwickelt der Schöngeist einen ungeahnten Aufstiegswillen.

Ingo Schulze im dtv

»Schulze gehört wirklich zu den ganz Großen unserer gegenwärtigen Literatur.«
Frankfurter Rundschau

Handy
Dreizehn Geschichten in alter Manier

ISBN 978-3-423-13811-6

Mit untrüglichem Gespür für tragikomische Situationen umkreist Ingo Schulze das Wesen der Liebe, das Ringen um Würde im Abschiednehmen und das Geschenk glückhafter Epiphanien mitten im Alltag.

Adam und Evelyn
Roman

ISBN 978-3-423-13876-5

Spätsommer 1989: Adam und Evelyn fahren an den Balaton. Ungarn will die Grenze nach Westen öffnen. Plötzlich ist das Paradies zum Greifen nah – und alle müssen sich entscheiden.

Was wollen wir?
Essays, Reden, Skizzen

ISBN 978-3-423-13990-8

Für Ingo Schulze beginnt Widerstand mit Wahrnehmung. Die hier versammelten Reden und Essays zeigen die Breite seines politischen und kulturpolitischen Engagements und sprechen eine Sprache, die die Welt als veränderbar zeigt.

Alex Capus im dtv

»Alex Capus ist ein wunderbarer Erzähler, für den alles eine Geschichte hat, für den die Welt lesbar ist.«
Süddeutsche Zeitung

Etwas sehr, sehr Schönes
ISBN 978-3-423-**08224**-2
Vier Erzählungen, mal wehmütig, mal bissig-ironisch, von den kleinen Dingen des Alltags, die plötzlich folgenreiche Veränderungen auslösen können.

Eigermönchundjungfrau
ISBN 978-3-423-**13227**-5
»Erzählungen, in denen die Schweizer Kleinstadt Olten zum Schauplatz einer brillant erzählten Comédie humaine wird. Große Literatur in der Tradition Tschechows.« (Daniel Kehlmann)

Munzinger Pascha
Roman
ISBN 978-3-423-**13076**-9
Die kunstvoll gewobene Geschichte zweier Reisen – die eine führt nach Kairo, die andere in das Innere eines gescheiterten Menschen.

Mein Studium ferner Welten
ISBN 978-3-423-**13065**-3
»Alex Capus sieht im Nichts der uninteressanten Stadt ein Biotop kleiner, halbwegs geglückter oder verunglückter Lebensgeschichten, und wir wollen sofort nach Olten ...« (Elke Heidenreich)

Fast ein bißchen Frühling
Roman
ISBN 978-3-423-**13167**-4
Fernweh und Heimweh zugleich – die Geschichte zweier Bankräuber, die 1933 aus Wuppertal nach Indien fliehen wollten, der Liebe wegen aber nur bis Basel kamen.

Glaubst du, daß es Liebe war?
Roman
ISBN 978-3-423-**13295**-4
Die komische Geschichte eines geläuterten Sünders – des Betrügers und Kleinstadt-Casanovas Harry Widmer junior, der sein vom Vater geerbtes Fahrradgeschäft aufgibt und vor seinen Gläubigern nach Mexiko flieht.

13 wahre Geschichten
ISBN 978-3-423-**13470**-5
Augenzwinkernd und ausgesprochen witzig erzählt Capus von skurrilen Helden und abenteuerlichen Wechselfällen eidgenössischer Geschichte.

Ulrich Woelk im dtv

»Was Woelk zeigen will, zeigt er. Er kennt seine Figuren genau und verrät sie nicht an Einsichten.«
Stephan Krass in der ›Neuen Zürcher Zeitung‹

Liebespaare
Roman
ISBN 978-3-423-**13092**-9

»Sollen wir es lassen?« fragt er. Nora schüttelt den Kopf. »Jetzt sind wir doch fast da.« Allmählich aber dämmert es Fred, dass der Besuch in einem Swinger-Club schwer verdaulich sein könnte …

Die letzte Vorstellung
Roman
ISBN 978-3-423-**13253**-4

Opernmusik aus einem verlassenen Haus am Strand führt einen Jogger zu einer Leiche. Ein gesellschaftspolitisches Verwirrspiel um Gewalt und politische Macht.

Freigang
Roman
ISBN 978-3-423-**13397**-5

Ein junger Physiker versucht seine Vergangenheit zu rekonstruieren.

Rückspiel
Roman
ISBN 978-3-423-**13559**-7

Woelk erzählt vom Tod eines Schülers, von der Schuld eines alten Lehrers und vom Liebesdrama zweier Männer und einer Frau.

Amerikanische Reise
Roman
ISBN 978-3-423-**13648**-8

Eindringliche Dreiecks-Geschichte auf einer Reise durch die USA.

Einstein on the lake
Eine Sommer-Erzählung
dtv premium
ISBN 978-3-423-**24427**-5

Hat Einstein seine geheimsten Unterlagen im Templiner See versteckt? Der Jurist Anselm macht sich auf die Suche nach dem wissenschaftlichen Schatz.

Schrödingers Schlafzimmer
Roman · dtv premium
ISBN 978-3-423-**24561**-6

Eine Studie über die Gesetze der Naturwissenschaften, die Psychologie und Schrödingers Zimmer, in dem eine Katze zugleich tot und lebendig sein kann.

Joana Mandelbrot und ich
Roman · dtv premium
ISBN 978-3-423-**24664**-4

Eine böse Satire auf den Literaturbetrieb, ein Kompliment an die Mathematik und eine Huldigung an die Stärke der Frauen.